UN TEMPS ÉGARÉ

Historienne de l'art, d'une double formation française et britannique, Marie-Laure de Cazotte a publié de nombreux articles sur des collectionneurs, musées et expositions. Elle est aussi l'auteur d'un second roman, *À l'ombre des vainqueurs*.

MARIE-LAURE DE CAZOTTE

Un temps égaré

ROMAN

ALBIN MICHEL

ISBN : 978-2-253-00225-3 – 1re publication LGF

À Emmanuel

— Qu'est-ce que nous attendons ?
— Qu'il soit trop tard, Madame.

Alessandro BARICCO, *Océan mer.*

De l'index, Robert Kaplan caresse le rebord ébréché de la large tasse en faïence blanche. « Tu es comme moi, pense-t-il en contemplant l'objet. Tu es exactement à mon image : trop grand, usé, accidenté, obsolète. Tu devrais prendre ta retraite, vieux bol ; au placard, place aux jeunes. »

Il soupire en observant son épouse Jeanne poser un vase sur l'évier, raccourcir d'un geste rapide, accompagné d'un petit bruit de gorge, les tiges qu'elle replonge ensuite au fond du vase, avant d'écarter brusquement les mains pour qu'il se déploie. Prenant du recul, sourcils en circonflexe, elle juge de l'effet produit.

— Satisfaite ?

Sans répondre, elle lui caresse la tête, palpe l'épaisseur du crin devenu blanc, autrefois d'un noir de jais.

Il baisse les yeux, tripote des miettes sur la table. Dans son enfance, déjà, l'aube lui était doute, angoisse, inquiétude.

Robert Kaplan a soixante-cinq ans. Il est médecin et psychiatre à l'hôpital Sainte-Ursule de Paris. Il est, comme l'a souligné un journaliste, « à la psychiatrie ce que Zinedine Zidane est au football ; un champion, une valeur française, une célébrité, un espoir ». Et, comme ce dernier, il est né en France tout en plongeant ses racines ailleurs. Dans un ailleurs qui relie Istanbul à Berlin, Cordoue à Varsovie où l'un de ses ancêtres portait le nom de Cohen. Il n'a pas connu ses parents, ou à peine. Ils ont disparu en 1943, à l'aube d'un jour d'hiver. Robert Kaplan a été élevé par Maman Adèle et Papa Henri Michaud, l'un et l'autre décédés. Il a été, à la suite de la décision de Maman Adèle, élevé dans la confession juive. À douze ans, il a fait sa bar-mitsvah et en garde un souvenir embarrassé. Il porte à l'index de la main droite la chevalière de Papa Henri – un H tracé à la gothique sur un fond de faux camée grenat – et, sur le torse, une étoile de David en or offerte par son oncle Jacob. L'une et l'autre, il les garde sur lui par fidélité ou par habitude. Il ne se pose plus la question.

Aux premières heures du jour, Robert Kaplan inventorie ses problèmes. Il les ressasse, les trempe avec ses tartines dans son café, les mâchonne, les digère. Mal. Qu'un livre dont il est l'auteur devienne une référence, qu'il trouve les mécanismes d'une pathologie, le financement d'un atelier thérapeutique, c'est dans l'ordre des choses, le fruit d'un système collectif. « Je ne suis qu'un instrument, sans untel, je n'aurais pas... » fait partie de ses phrases favorites. Mais qu'un malade qu'il pensait guéri rechute, que les financements de « son » hôpital soient mis à mal, c'est lui et lui seul qui en est responsable. C'est le syndrome Kapioche : un surnom donné par ses collègues, car l'homme, passionné du dire d'autrui, creuse son patient avec une persévérance tâcheronne.

— Robert, tu n'es pas pire qu'hier.

En prononçant cette phrase, Jeanne se répète que le jour où son époux sourira en s'éveillant, quittera l'appartement familial le pied léger et se précipitera, triomphant, dans l'arène de Sainte-Ursule, elle pourra enfin lui déclarer, comme elle se l'est toujours promis :

— Il est temps que tu prennes ta retraite.

Pour l'avoir côtoyée chaque matin depuis plus de quarante ans, cette inquiétude calée au fond des yeux de son mari, elle la sait sa meilleure alliée ; elle le protège, le stimule, le pousse en avant. Ce n'est pas de la violence, des cris, de la maladie que Robert Kaplan a peur, mais de se tromper et de ne pas être à la hauteur. Il a son vade-mecum sur lui ; cette longue cicatrice qui couture son flanc gauche : la marque indélébile de sa seule, mais considérable erreur. Trente-deux ans de ça, et rien, jamais, n'empêchera Jeanne Kaplan de tâter le haut de la fesse droite de son homme et de lui demander, sur le seuil de la porte :

— Tu as pensé à changer la dose ?

Il y a des choses qui ne s'oublient pas.

À sept heures quarante-cinq, en cette radieuse matinée de juillet, Robert Kaplan remonte le boulevard à longues foulées et respire à grands coups. Chaque pas dissipe les relents d'inquiétude. La journée se construit. Quinze minutes plus tard, il franchit en sifflotant le porche de l'hôpital psychiatrique Sainte-Ursule.

Dans quelques secondes un homme va se dresser devant lui et lui dire :

— Je suis venu pour vous tuer.

Vingt-quatre heures auparavant, dans le cabinet de toilette de son bureau, Éric Meyer s'aspergeait le visage.

Quatre heures de sommeil. Il ne se souvient plus du nom de l'hôtel, ni de celui de la fille, vaguement de la rampe d'escalier et des hanches au-dessus de la jupe noire fendue. Il s'examine longuement : un nez droit, pointu, des joues plates, un front large, bordé de cheveux blancs à peine parsemés de gris, coupés à ras, deux poches enflées sous ses yeux sombres.

Un coup discret sur la porte.

— Monsieur le président, les représentants du groupe Michain sont là.

Dix minutes d'avance. Il les devine dans la salle de réunion, remettant anxieusement leurs documents en ordre et échangeant leurs dernières remarques à voix basse.

— Faites-les attendre, Sophie. Dites-leur que je termine une réunion.

Qu'ils attendent. Plus ils attendront, plus ils se sentiront petits, vulnérables. Battus d'avance. Vingt minutes. Une méthode comme une autre. La politesse ne lui a jamais porté chance. Une grimace dans la glace.

Sourire, c'est bon pour ceux qui n'ont rien à faire, ou alors pour les naïfs. Il se masse le visage longuement, en se récitant mentalement les principaux points de l'évaluation du groupe Michain. Attaquer sur les stocks, mais pas immédiatement ; obsolescence de la gestion ; mauvaise répartition des ressources humaines ; image du groupe déplorable ; manque de visibilité sur les contrats futurs.

Il entrera dans la pièce, balancera comme un chiffon sale et usagé le dossier sur la table, fera un rapide tour de salle des yeux. Il ne saluera personne et dira : « Ordre du jour ? » Michain, alors, se frottera les mains, redressera les épaules, se plaquera sur sa face de rat son sourire des grands jours : « Éric, comme tu le sais, il y a longtemps que notre groupe a pensé à une alliance, une alliance financière... », ou fera une plaisanterie : « Bravo Éric ! EM Finances a fait du chemin depuis que... » Lui, répétera, sur un ton glacé : « Ordre du jour ? » Les dos se tasseront, la langue de Michain se promènera un temps sur ses canines et ses molaires, il claquera des lèvres. Ils se retrouveront seuls, face à face. Deux dogues, deux serpents. « J'aurai ta peau, Michain. »

Il sort une petite plaque de verre de l'armoire, trace une ligne de poudre blanche sur la surface. La paille a la taille d'une allumette. Il inhale longuement. Un dernier coup d'œil dans la glace. Il essuie de l'extrémité du petit doigt les particules blanches sur le bord des narines. Trois pas vers son bureau. Il fixe calmement le dossier rouge. Combien font 1 246 × 1,6 ? Quatre secondes. 1 993,6. Il vérifie sur la calculette de son portable. Maintenant, la voix. Il pose ses deux mains à plat sur le meuble : « Ordre du jour ? » Le ton ne le satisfait pas ; il reste de la nuit quelque chose de fêlé dans le timbre. Il fixe le dos de sa main, se concentre. Rien, ils ne verront rien de lui, ni les yeux, ni les gestes. Ils entendront des mots comme des rasoirs, rien d'autre. « Ordre du jour ? » Le son est net, mat, mécanique. Il est prêt.

En se dirigeant vers la porte, la pointe de son pied droit accroche l'arrière de son talon gauche. Il trébuche. Le dossier tombe. Ce n'est rien ; un tremblement à l'articulation de l'épaule qui s'insinue jusqu'au poignet. Il n'aura pas assez dormi. En se penchant pour ramasser le dossier, il se dit : « Ce n'est pas du sang, pas encore. »

Éric Meyer a cinquante-six ans. Depuis dix ans, il se maintient à l'échelon 212 des fortunes françaises, ce qui le fait gémir du matin au soir. « La méthode Meyer ? Le modèle américain, dit de lui l'un de ses adjoints. Ça le pose. Ce type se donne l'apparence d'une huître. Il fait croire au rocher, à l'ancrage, à la culture d'entreprise. En réalité, c'est une murène planquée dans son trou noir. Un poisson passe, il jaillit et le happe. C'est tout ce qui l'intéresse. Et il va très vite. Juif ? Peut-être. Quand ça l'arrange. Pas méchant. Pire : indifférent. »

Il marche à reculons vers la table, les yeux rivés sur le tapis. Le téléphone sur son genou, il martèle un numéro sur le clavier.

— Hôpital Villeneuve ? Je souhaiterais avoir des nouvelles d'une personne hospitalisée chez vous :

Mme Pourtin, Stéphanie Pourtin. Je suis son frère, Damien Pourtin.

Une voix féminine, calme, lui répond :

— Cette patiente est au service de réanimation. Elle est dans un coma léger. Il faut attendre trois ou quatre jours.

La voix se veut résolument optimiste. Puis elle demande, d'un ton embarrassé :

— Pensez-vous qu'il puisse s'agir d'un accident ? Je ne vous cache pas que...

Il raccroche brutalement puis astique frénétiquement le combiné. « Ce n'est pas à moi de faire le ménage, s'énerve-t-il. Je ne peux pas être partout. »

À quelques dizaines de mètres du médecin de service qui fixe avec étonnement le téléphone, le corps de Stéphanie Pourtin flotte dans une mer sans lumière, sans contour, sans son. Ça crisse en elle, ça étouffe, ça aspire. Parfois, un cognement plus lourd, comme un tambour ; des matières qui s'affrontent. Elle est l'eau, l'eau qui monte et griffe les rochers, l'eau qui jette l'écume de sa rage sur le rivage et qui repart vers les profondeurs noires, l'eau qui se répand en gouttes pourpres dans un océan de molécules liquides.

Pour la dixième fois depuis vingt-quatre heures, une infirmière entre dans la pièce et lui soulève une paupière.

— Madame Pourtin, est-ce que vous m'entendez ?

Éric Meyer ramasse à la volée le dossier, claque la porte de son bureau et déboule en trombe dans la salle de réunion sous le regard surpris de sept hommes assis. Il croise les mains devant lui et prononce d'un ton glacé : « Ordre du jour. »

Trois heures plus tard, un maître d'hôtel s'approche d'une table.

— Ce sera comme d'habitude, messieurs ?

Éric Meyer et son associé, John Steengracht, ont en commun une détestation absolue des menus et des tables rondes. Ils ne changent jamais de restaurant.

— Laissez la bouteille sur la table et mettez-en une autre au frais, ordonne John en observant, regard de biais et sourire en coin, Éric en train de taper furieusement sur son portable.

Trente ans qu'ils sont associés. Trente ans ? John n'est plus tout à fait sûr et fait mentalement le décompte. Voyons. Il a cinquante-six ans. Leur première affaire, c'était trois ans après leur sortie de Polytechnique. Cet homme qui les avait jetés de son entreprise située dans une tour de la Défense :

— Les petits gars, vos diplômes sont impressionnants, mais vous êtes trop jeunes, pas suffisamment expérimentés. Revenez dans cinq ans, quand vos épaules seront faites. Vous n'avez aucune référence, je ne prends pas le risque.

Éric et lui avaient traversé le Parvis en silence. La bouche du métro brassait des silhouettes pressées. Ils s'étaient arrêtés en haut des marches.

— Qu'est-ce que tu penses ? avait demandé John.

— Ce que je pense ? s'était énervé Éric. Tu les vois tous ces gens ? Ces moutons ? Ces petits porte-monnaie à électroménager de base ? Ces cervelles à emprunt sur trente ans pour le F4 de leurs rêves ? Ces couilles à baise du samedi soir avec bobonne ? Nous leur ressemblons ?

— Non.

— Alors, demi-tour. Nous y retournons. Il va signer, c'est moi qui te le dis !

Six mois plus tard, leur premier bureau, avenue de Messine. Trente mètres carrés, et eux dans des placards. Les clients ne voyaient que la blonde de la réception et la salle de réunion, toutes deux sublimes. C'était du théâtre à raison de seize heures par jour. Deux ans plus tard, avenue George-V. Sept collaborateurs. Puis Londres, New York, Berlin.

Éric jette son portable sur la table et avale d'un trait son troisième verre de vin blanc.

— Michain est bon pour un deuxième pontage, commente John. Jolie mise à mort. Personnellement, j'aurais préféré un spectacle plus arènes qu'abattoirs. Michain n'est pas homme à accepter une humiliation face à ses troupes ; c'est un Parrain. Tu t'es mis un contrat sur le dos, mais comme disent les jeunes aujourd'hui : pas de soucis, on va gérer. Passons. Tu as eu des nouvelles ?

Éric attrape silencieusement la bouteille, le front barré d'une ride profonde.

— Elle est vivante, déclare-t-il, d'un air funèbre.

— Arrête de boire. Qu'est-ce que t'a dit le docteur Kaplan ?

— Kaplan m'a enfoncé.

— Raconte.

— Qu'est-ce qui vous amène ?

Le psychiatre offrait une main large en déployant sa silhouette ample et haute de géant.

Éric s'assit et examina rapidement la pièce ; une bibliothèque surchargée de livres, un large bureau blanc sur lequel un petit socle carré en métal noir jouxtait une boîte de Kleenex, un cahier à spirale et un crayon. Il esquissa un sourire ironique en apercevant un lit étroit, placé sous la fenêtre donnant sur le parc, et attrapa le rebord de la chaise des deux mains avec l'envie irrésistible de se balancer de droite et de gauche.

— Vous savez qui je suis ?

Le médecin souleva un sourcil surpris et vérifia une note inscrite dans son cahier.

— Éric Meyer ?

Éric le toisa durement.

— Et vous savez QUI je suis ?

Sans attendre la réponse, il tendit à Robert Kaplan une lettre manuscrite dont le médecin lut rapidement la première ligne : « *Je me suis installée à la terrasse d'un café, en face de l'hôtel Marceau...* »

— La femme qui m'a écrit ce mot a tenté de se suicider, il y a quelques jours. J'ai besoin de comprendre. Je ne veux pas d'ennuis.

— Commencez par me raconter votre aventure, lui répondit son interlocuteur, en croisant les mains sous le menton.

Sur un ton monocorde, Éric débita son histoire, en phrases brèves, saccadées.

Une rencontre, au cours d'une réunion, pour un projet immobilier dans une banlieue difficile. Elle était l'architecte en chef. Assez belle, un peu trop masculine, une tonalité de voix basse, cassante, une silhouette plate, presque maigre, inscrite dans un tailleur-pantalon sévère. Pas son genre de femme. Le dossier du chantier Némésis II était compliqué, l'enjeu financier lourd, le terrain social complexe. Il était concentré. John, son associé, s'était penché vers lui.

— Dis donc, sexy cette petite ! Je me demande si elle couche.

— Tu veux parier ? avait-il ricané.

Un jeu entre eux. « Partenaires d'affaires en tout genre », comme ils disaient. Il n'y avait pas été frontalement. Il avait sa méthode. D'abord, examiner la femme de loin. Une femme qui se sait observée se pose des questions sur son admirateur. C'est mécanique. Rester à distance, paraître vouloir sans oser. Tactique infaillible. Une femme qui a un peu de trempe finit toujours par se laisser gagner par la curiosité. Elle s'était approchée après la réunion.

— Vous êtes Éric Meyer ?

Au regard dur, glaçant, qu'elle lui présentait, il savait que sa méthode avait, pour une fois, échoué. Elle lui avait tendu une main sèche, ferme.

— Votre groupe d'investisseurs et vous-même êtes une bande de financiers sans conscience. Vous avez le choix : ou vous acceptez mes budgets tels qu'ils sont fixés, ou je change l'équipe.

Il avait éclaté de rire. C'était tellement inattendu. Il se demandait comment la mettre dans son lit et voilà qu'elle lui flanquait une paire de claques. Il lui avait proposé un déjeuner, pour calmer le jeu.

Lorsqu'elle était entrée dans la salle du restaurant de l'hôtel Marceau, la semaine suivante, il ne l'avait pas reconnue. En voyant une femme en jean se diriger vers lui, il crut à une erreur. Elle avait déposé un sac lourd sur la table et fourragé dedans :

— Pardon, pardon ! Je suis en retard. Trop de boulot. Ah, les voilà ! s'était-elle écriée en déposant dans son assiette une boîte de berlingots et en agitant un doigt vers lui ; attention, ce sont de vrais berlingots, pas des saloperies de supermarché. C'est pour vous consoler.

Le maître d'hôtel s'était approché et avait contemplé la boîte avec commisération, en toussant légèrement. Éric était furieux. Qu'est-ce qu'elle cherchait à faire, cette imbécile ? L'humilier dans le plus grand restaurant d'affaires de Paris ? Le déstabiliser ?

Elle souriait en lisant le menu.

— À ma place, vous auriez fait quoi ?

— J'aurais choisi des nougats, avait-il répondu froidement.

— Donc, vous savez pour les Chinois ? avait-elle murmuré en plantant deux yeux bleus, magnifiques, dans les siens.

Il ne savait rien du tout. Une haine froide le saisit. C'était évident, elle avait signé avec le groupe Ming. Némésis II lui échappait. Une affaire en or. Il venait de se prendre un camouflet. La garce ! Venir le provoquer comme ça. Certaines femmes sont vraiment...

Il était resté de marbre.

— Oui, mais comme vous le voyez, je suis bon perdant. J'ai tenu à maintenir ce déjeuner pour vous féliciter.

Elle s'était étirée tranquillement.

— Vous avez du sang-froid. Bravo ! Vous ne savez rien du tout, monsieur Meyer, puisqu'il n'y a rien à savoir. Les Chinois ont quitté Paris ce matin. Le calendrier des négociations vous attend sur votre bureau. Les berlingots sont là pour vous consoler de tous les coups que vous allez prendre. Je ne transigerai pas sur la qualité de ce projet, vous êtes prévenu. Le temps des financiers qui se font de la tune en massacrant la vie des autres est révolu.

Il ne se rappelait plus ce qui avait provoqué son désir de l'abattre. Comme un gibier.

Froidement, patiemment, il avait tissé sa toile. En moins de deux semaines, il avait appris que Stéphanie Pourtin était veuve, mère d'un fils et de deux jumelles, et anglophile. Passionnée de botanique, elle collectionnait les plantes médicinales et les arbres fruitiers. Elle cachait une timidité maladive derrière des coups de gueule monstrueux. Pas à pas, il s'était avancé.

Somerset Maugham traînant négligemment sur une table de réunion, une allusion rapide à Saint-Jean de Beauregard dont il n'aurait pour rien au monde manqué les journées « fruits oubliés ». Il l'observait à la dérobée, baissant les yeux d'un air triste lorsqu'elle lui renvoyait son regard, s'inquiétait discrètement de son confort.

— Combien veux-tu parier que je couche avec cette fille dans moins de trois semaines ?

John eut un air dubitatif. Pourtant, au fil des jours, le visage de Stéphanie s'était adouci, elle frôlait sa manche, ployait le cou en l'observant.

— Les femmes sont toutes les mêmes. Tu as remarqué, elle se maquille maintenant. Et ses décolletés : un bouton de moins. Elle s'attarde dans les bureaux après les réunions, si je suis dans les parages. L'estocade dans trois jours.

Trois jours plus tard, il l'avait invitée à dîner. Dans ce petit bistrot, sur le quai de Bercy, elle s'était émerveillée de tout et il l'avait embrassée, longuement, goulûment, en murmurant :

— Il y a tellement longtemps que j'en avais envie.

Sur un coup de tête, il l'emmena à Londres. Dans l'avion, elle glissa sa main dans la sienne, tranquillement. Il la tint serrée contre lui pendant le vol et, taille contre taille, ils arpentèrent la ville.

— Vous étiez heureux ? interrompit le docteur Kaplan.

— Pendant deux jours, oui, probablement comme rarement dans ma vie. Stéphanie donnait un rythme de valse à tout. Elle était complètement imprévisible ; sûre d'elle et en même temps terriblement timide. Femme d'affaires et poète à la fois. Une créature étrange, fascinante. Mais après notre retour, j'ai eu peur. Je ne me reconnaissais plus. Je pensais à elle tout le temps, j'oubliais mes affaires partout, je passais mes journées à lire les livres qu'elle aimait, à regarder mon portable pour vérifier si elle n'avait pas laissé un message. Je ne voulais pas me laisser entraîner dans une histoire sérieuse. J'ai rompu.

Un bistrot près de la Madeleine. Elle s'était précipitée dans ses bras, il l'avait repoussée.

— C'est fini, Stéphanie. Je ne peux pas vivre ce genre d'histoire. Je suis marié, je ne veux pas mettre mon couple en danger. Notre relation m'angoisse.

Elle s'était figée. Une statue de sel.

Pourquoi l'avait-il rappelée quelques semaines plus tard ? Par habitude. Une femme sur sa liste. Une question d'efficacité. Il est plus facile de coucher avec une femme qui s'est déjà donnée. Ça avait duré comme ça pendant six années.

— Vous n'étiez pas amoureux ? lui demanda le docteur Kaplan.

— Non. J'aimais bien sa présence, mais je prenais soin d'alterner nos rencontres avec celles d'autres femmes. Je la sentais tellement disponible, tellement amoureuse. Elle disait oui à tout. C'était pratique. Et puis le chantier était en cours et l'influence que j'avais sur elle m'était utile. De temps en temps, je lui faisais un cadeau, comme aux autres. Elle savait très bien qu'elle n'était pas la seule. En tout cas, elle devait bien deviner que...

Tout bascula un matin.

Cette lettre reçue à son bureau ; une enveloppe manuscrite à son nom avec ce libellé, « PERSONNEL », écrit en grosses lettres. La simple vue du courrier l'avait mis mal à l'aise :

Mon chéri,

Je me suis installée à la terrasse d'un café, en face de l'hôtel Marceau. De là, j'observe les allées et venues des clients ou visiteurs de l'hôtel ; des hommes, principalement, avec cet air sérieux et pressé des professionnels en voyage d'affaires. Une femme superbe a quelques instants arpenté le trottoir en surveillant sa montre et elle est entrée très rapidement dans le lobby. J'ai imaginé que cette femme pourrait être moi, venant retrouver un amant. Je me suis plu à deviner son parcours, ses actes. Elle irait droit vers l'ascenseur, appuierait sur le bouton de l'étage, marcherait le long du couloir en frôlant les murs, tambourinerait légèrement sur une porte. Et là, dans cette chambre, elle se donnerait, sans prendre le temps de retirer sa robe. Quelques minutes plus tard, elle arpenterait ce même trottoir avec cet air victorieux des courtisanes repues. Mais moi, au fond, je ne pourrais pas être cette femme-là. Ce n'est pas la chambre d'hôtel qui me fait battre le cœur, ce n'est pas le sexe qui me donne la sensation du triomphe. Si l'on me disait : que veux-tu ? Je répondrais : pas grand-chose. Vivre à quelques pas de l'homme que j'aime, le regarder, le voir me sourire, respirer son air, l'entendre me parler de son enfance, de sa femme, de sa fille. Le savoir heureux et penser que mes lendemains seront faits, un peu, de lui.

Après toutes ces années, je suis là, assise, pensant bêtement à toi, à ta façon carnassière de sourire, à ton regard qui change aussi vite que la mer, à tes accès de mauvaise humeur, à tes angoisses et tes délires. Je pense que la vie me donne beaucoup quand elle m'offre la certitude de te savoir là.

Avec tout mon amour,
Stéphanie

Cette lettre l'avait dégoûté au plus profond. Il se sentait sali, piégé, furieux. Quelques jours plus tard, il l'avait revue. À peine s'était-elle assise qu'il avait haï sa présence. Il lui avait parlé brutalement, l'écoutant à peine, sans prendre garde à son visage qui, au fil des minutes, pâlissait. En sortant du restaurant, elle s'était tournée vers lui.

— Tu as lu ma lettre ?

Il avait explosé de colère.

— Ta lettre est impudique et absurde ! Tes sentiments ne me concernent pas.

Dès le lendemain, les messages affluèrent, les uns larmoyants, les autres agressifs, chaque message contredisant le précédent.

Il lui écrivit qu'elle était atteinte d'une névrose, lui suggéra de se faire soigner, l'insulta et coupa les ponts.

Quelques jours plus tard, elle ingurgitait une masse de somnifères.

— Je l'ai appris par courriel. Son associée m'a envoyé un message incendiaire. Elle m'a accusé d'avoir détruit le talent de Stéphanie et son âme. Son âme ! Les femmes sont absurdes.

— Elle a survécu ? questionna le psychiatre.

— Oui. Je n'en sais pas plus. Tout ça relève d'une machination.

— Professionnellement, vous aviez quelque chose à vous reprocher à son égard ?

— Juridiquement ? Non.

— Ce qui veut dire ?

— Elle a assuré l'essentiel de la construction. Nous ne l'avons pas laissée finir certains détails, c'est tout. Vous savez, pour les artistes, la notion d'argent...

Le praticien le coupa d'un geste dur.

— Vous venez me voir pour elle ou pour vous ?

— Je cherche à comprendre pourquoi cette femme a voulu se donner la mort et si, légalement, je peux être tenu pour responsable de son acte. Regardez, j'ai apporté notre correspondance. Cette femme est folle, c'est évident. C'est vraiment le genre de caractère à tout confondre, les affaires et les sentiments. Je n'ai rien à voir avec tout ça. Mais il faut savoir se montrer humain, et prudent. Je ne veux pas de procès. Qu'est-ce que je peux faire ? Vous pensez que c'est une question d'argent ?

Le psychiatre consulta patiemment la liasse déposée sur le bureau, se concentrant particulièrement sur les derniers messages :

(...) un cauchemar terrible, comme trop souvent. Je n'y arrive plus, ma mémoire est un enfer. Le pire est

de se dire que ces élans de vérité que tu suscitais en moi n'étaient qu'un jeu pour toi. J'ai besoin de ton aide, j'en ai besoin pour comprendre, pour oublier, pour tourner la page, avec beauté. S.

De : Éric Meyer
À : Stéphanie Pourtin

Stéphanie,

Je vais essayer de faire une réponse rapide, mais précise, à ta dernière dizaine de mails aberrants et décousus.

Ton discours comme ton attitude n'ont aucune cohérence. Les injures et les excuses, les déclarations ou les reproches n'ont d'autre fondement que ce qui se passe dans ta tête. Je ne sais pas le décrypter et, d'ailleurs, je n'en ai pas envie.

Tu vas mal, tu le sais, je le sais. Mais ça n'a sans doute rien à voir avec moi qui suis au mieux un concept, au pire un bouc émissaire. Continue si ça te fait du bien, mais n'y passe pas trop de temps : je ne suis sensible ni aux excès d'honneur, ni aux excès d'indignité.

Je me suis parfois laissé aller à te suggérer de te faire soigner. Je te renouvelle ces conseils (...).

Une autre feuille :

De : Stéphanie Pourtin
À : Éric Meyer

Éric,

Après tant d'années, est-ce moi qui ai changé au point que tu ne trouves plus de joie auprès de moi, ou est-ce toi qui as changé au point de ne plus accepter ce que je suis ? Il faudrait savoir s'éloigner des êtres que l'on a aimés sans leur faire du mal. S.

De : Éric Meyer
À : Stéphanie Pourtin

Stéphanie,
Le problème vient de toi et de toi seule : tu es agressive, capricieuse, incohérente, exigeante, orgueilleuse et surtout beaucoup trop compliquée.
Ne le prends pas mal, mais puis-je te suggérer la lecture de l'article « Érotomanie » dans Wikipédia ? Tu t'y reconnaîtras.

Le psychiatre soupirait en tournant les pages.

(...) ne pas laisser la perle d'un destin s'enfoncer dans la boue. S.

De : Éric Meyer
À : Stéphanie Pourtin

Stéphanie,
Tu es décidément hystérique et obsessionnelle. Oserais je te dire que ta démarche est puérile et pathétique ? (...)

Après quelques minutes, Kaplan fixa le visiteur.
— Une question d'argent, disiez-vous ? Une machination ? Mais pourquoi ? Je ne saisis pas. Je ne vois aucune allusion au terrain professionnel dans cette

correspondance. Dans ses derniers messages, elle ne vous demande qu'une chose : de lui rendre sa dignité et de la comprendre. Vous avez une liaison avec une femme que vous traitez comme un chien pendant six ans, et la malheureuse ose, un jour, vous écrire dans un réel élan d'amour en ne faisant que répéter ce qu'elle vous a exprimé par Internet pendant des années.

Il désigna un passage :

Chaque jour, quand je m'éveille, cette même pensée me vient à l'esprit : si peu de choses et si peu d'êtres dans une vie vous donnent l'envie de sortir du lit. Tu es ma plus belle raison de me lever le matin.

— Combien de messages de cette nature avez-vous reçus ? poursuivit-il en rassemblant les feuilles. Des dizaines et des dizaines pendant six ans. Auxquels vous ne répondiez pas. Le faisiez-vous oralement ? Que lui disiez-vous lors de vos rencontres pour qu'elle y croie à ce point-là ? Que cette femme soit sentimentale et romanesque n'est pas le sujet. Elle avait clairement besoin de vivre sa passion à cette échelle. Veuve, disiez-vous ?

— ...

— Il y a deux mois, elle vous envoie une lettre manuscrite. Tout à coup, vous vous rebiffez, vous la traitez d'impudique. C'est terrible comme terme. En quoi est-ce impudique de prendre son stylo et d'écrire ? Vous ne lisiez donc pas ses courriels ?

Éric fit un geste vague.

— J'en reçois tellement.

— Je vois. Donc, vous l'insultez. Par écrit. Vous qui ne répondiez jamais, là vous vous déchaînez ! Elle perd ses repères, souffre, demande votre aide, tambourine à votre porte. Vous la rejetez dans le camp des fous, et elle sombre. Et ça vous paraît étrange ? Qu'est-ce qui vous empêchait de dire à cette femme : pardonne-moi de n'avoir pas pu te suivre sur ce chemin ? Vous avez réduit son désespoir à un déséquilibre psychologique et vous vous étonnez qu'elle s'écroule ? Tous ces mots : « hystérique », « incohérente », « obsessionnelle », et ce terme « érotomanie » que vous avez utilisé en la poussant à en regarder la définition sur Wikipédia. Vous avez dû la consulter vous-même cette définition ! Vous savez donc que c'est une psychose grave, très rare. Pratiquement inguérissable. Une maladie que l'on nomme également « le syndrome de Clérambault ». C'est un syndrome qui peut conduire au meurtre ou au suicide. Ce n'est pas exactement ce que j'appellerais un terme anodin. Magnifique façon de désigner à l'autre son destin ! Pardonnez-moi cette expression, mais voilà un bel exemple de crime parfait. Vous utilisez des mots d'une cruauté rare, tous focalisés sur une même idée : le déséquilibre, la folie. Or cette femme, comme n'importe quelle personne amoureuse faisant face à une rupture ou au rejet, est en état de perméabilité émotionnelle. Elle est incapable de se défendre et vous l'attaquez. Je vous rassure tout de suite : vous n'êtes pas légalement responsable. La législation ne prévoit pas ce genre de destruction psychologique. Sa famille pourrait déposer une plainte pour non-assistance à personne en danger, mais le dossier ne tient pas. Il faudrait prouver que vous étiez à même d'interpréter ses déclarations, et elle n'annonce pas sa décision de mettre fin à ses jours. Pour le reste, si vous cherchez l'absolution, vous vous êtes trompé de porte.

Le médecin déplaça le petit cube noir posé sur la table avec une moue ironique et enchaîna, sous le regard médusé d'Éric :

— Je suis psychiatre, monsieur Meyer, pas conseiller juridique. Ici nous soignons de VRAIS malades, des pathologies sérieuses. Je vais vous donner une base de réflexion : demandez-vous pourquoi cette lettre...

Il tambourina de l'index sur une feuille.

— Celle-là ! Celle qui commence par « *Je me suis installée à la terrasse d'un café...* ». Demandez-vous pourquoi cette lettre a déclenché, chez vous, un tel élan de destruction. Un homme devrait se sentir flatté par une missive comme celle-là. Cette femme ne vous réclamait, après tout, ni votre cœur ni votre vie. C'est une petite lettre écrite un jour d'humeur printanière. Alors, pourquoi lui faire tant de mal ? Vous sentiez-vous menacé, monsieur Meyer ? Et si c'est le cas, pourquoi ? Était-ce parce que cette lettre écrite avait un corps, contrairement à tous les précédents messages ? Que vous ne lisiez pas ? Si c'est le cas, le sujet n'est pas cette femme. Le sujet, c'est vous. Quoi qu'il en soit, ce n'est pas ici que vous trouverez la solution. Je ne suis ni avocat ni confident, mais médecin psychiatre, traitant à Sainte-Ursule, et parfois en consultation privée, comme vous le constatez en ce moment même. Ma pratique concerne des malades dont l'autonomie est menacée ou en voie de l'être. Ce n'est apparemment pas votre cas, ce qui ne signifie pas que je ne prends pas votre démarche au sérieux, au contraire. Vos questions pourraient en cacher d'autres. Vous avez subi un choc, quoi que vous en pensiez, donc surveillez-vous. Si vous éprouvez de l'angoisse, je vous prescris des anxiolytiques, et allez voir de ma part le docteur Leclerc, si vous avez besoin de parler. C'est une thérapeute remarquable. Son numéro est sur l'ordonnance. C'est tout ce que je peux faire pour vous.

Après un temps de silence, le médecin plissa les paupières en examinant Éric figé sur sa chaise.

— Ne mélangez pas ces produits avec une quelconque forme d'excitant, alcool ou autre. Ou l'on calme ou l'on excite, mais on ne fait pas les deux à la fois. Vous me comprenez ? Quant à Stéphanie Pourtin, il est évident que vous devez vous tenir totalement éloigné d'elle. Laissez-la en paix. Rien de ce que vous pourriez faire ou dire ne l'aidera à ce stade. Plus tard, peut-être, trouverez-vous moyen de redresser les choses. Elle est probablement actuellement dans un endroit qui ressemble à celui-ci, surveillée de près par un médecin. Il est vraisemblablement en train de lui expliquer qu'elle a fait une très mauvaise rencontre.

Éric se redressa sur sa chaise et le toisa :

— Vous n'avez pas le droit de me culpabiliser comme ça, vous oubliez qui je suis et vous ne comprenez rien au contexte ! Vous pontifiez, vous jugez...

Le psychiatre, après avoir consulté sa montre, le dévisagea, froidement.

— C'est possible. Mais puisque vous parlez de contexte, venez donc voir d'un peu plus près le

« contexte » d'un hôpital psychiatrique. Ici les choses ne se règlent pas comme vous l'entendez. Vous avez beau être un homme riche, puissant, tout ça ici n'a aucun intérêt. Prenez ce que je vous propose comme un cadeau. Je vous offre, monsieur Meyer, une escapade de l'autre côté du mur, une excursion dans le monde des pas-comme-nous. Suivez-moi, vous apprendrez quelque chose. Je doute que cela vous rende plus compatissant à l'égard d'autrui, mais, au moins, la prochaine fois que vous aurez envie d'utiliser des termes qui relèvent de la psychiatrie, vous en comprendrez le... contexte. Venez !

Il l'entraîna, sans écouter ses protestations, dans un dédale de couloirs, jusqu'à une grande salle meublée de quelques tables en Formica blanc, de chaises en bois, d'un long canapé posé devant un écran de télévision. Des patients en pyjama bleu levaient la tête. Tous semblaient reconnaître le médecin et lui présentaient des sourires, des regards apeurés ou insistants. Une très jeune femme s'approcha ; un corps mince, souple, une peau hâlée, des gestes gracieux, un visage de pierre.

— Bonjour, Rachida. Vous avez pris votre petit déjeuner ?

La jeune femme désigna du menton le visiteur :

— Qui est-ce ? C'est ma salope de mère qui l'envoie ? Encore un ? cracha-t-elle avec un regard mauvais. Fous le camp ou je te crève !

Le praticien circulait entre les tables, sans paraître remarquer l'expression d'angoisse sur le visage d'Éric. Un homme d'une trentaine d'années était assis, pas rasé et vêtu d'un blouson noir. Une gueule de marlou, pensa Éric. L'individu paraissait détendu et appela le médecin :

— Alors toubib, on fait sa tournée ? C'est qui ce beau mec ? C'est quoi ton prénom mon vieux ?

— Éric, et toi ? répondit-il.

— Moi, c'est Patricia. Parée à tout et, pour toi, c'est quand tu veux.

Droit dans les yeux, sans la moindre hésitation.

Un geste de Kaplan arrêta net le rire d'Éric. Les deux mains de l'homme étaient posées à plat sur la table, manucurées de frais. Des ongles longs, vernis de rouge ; des mains de femme.

Une dame âgée, au visage déformé, pleurait dans un coin, une autre traversait la salle en psalmodiant des injures. En arrivant à hauteur du psychiatre, elle déclara d'une traite :

— Docteur, dites aux infirmières de mettre les vrais journaux dans la salle. Tout le monde sait qu'ici les journaux et les magazines sont des faux fabriqués par l'hôpital pour nous manipuler. D'ailleurs, c'est pareil pour les façades des immeubles. On sait bien que c'est un décor ! Il faudrait arrêter de nous prendre pour des cons, merde !

Affalé contre un mur, un homme geignait, bouche ouverte, et bavait.

En raccompagnant Éric vers la sortie, le médecin désigna les arbres :

— Vous avez lu *Le Baron perché* ? Merveilleux livre, n'est-ce pas ? Contempler le monde depuis des cimes, ne pas poser le pied sur le sol de sa vie, mais vivre quand même. Être juge sans être partie, être humain sans être sali par ses actes. Je pense souvent à ce livre. Il m'inspire beaucoup. Je vous engage à le relire. Personne n'échappe à son existence. Au revoir, monsieur Meyer.

De la fenêtre du taxi, Éric aperçut une femme sous un abribus, en robe d'été à longues manches resserrées aux poignets. Un foulard rose autour du cou. Elle écarta les lèvres. Il vit les dents qui se chevauchaient.

Autour d'eux, les tables sont vides. Le maître d'hôtel place une nouvelle bouteille dans le bac à glace. Le corps basculé en avant, appuyé sur ses coudes, John se penche vers Éric.

— Le crime parfait... Kaplan ne t'a pas raté. Au moins, tu es fixé : tu n'es responsable de rien, dit-il en scrutant le visage décomposé et les mains tremblantes de son associé. Toutes les femmes sont folles, Éric. Et quand elles ne sont pas folles, elles sont vénales. Cette Stéphanie est une exaltée, une idéaliste sous des apparences de femme d'affaires. Elle t'avait dans la peau, il fallait qu'elle en passe par ce...

Les deux hommes saisissent leurs verres d'un même élan.

— Quelque part, poursuit-il, j'ai lu que personne ne fait ça par amour, mais par désespoir. Si cette femme t'aimait vraiment, elle ne l'aurait pas fait. Donc, tu as raison, et ça n'a rien à voir avec toi.

Éric opine vaguement.

— La vie est une chienne, mon vieux, prends ce qui est à prendre, c'est la seule philosophie. Tu te souviens quand nous étions jeunes, toi et moi ? Nous étions fous de vie. Nous nous sommes bâti dans nos têtes des univers où les femmes étaient belles, difficiles, intelligentes. Nous voulions des compagnes qui aiment le jeu, la chasse, l'aventure, les livres, qui se tiennent à nos côtés et marchent à la même allure que nous. Nous nous sommes retrouvés avec des boulets. Tu veux que je te dise ? ajoute-t-il en baissant la voix, si c'était à refaire, je crois que j'essaierais de devenir homosexuel. Les femmes n'apportent que des emmerdements.

Il fait un petit mouvement de buste et affecte une mine maniérée sous le regard sombre d'Éric. L'image de John, affalé sur son bureau, environné de bouteilles de gin vides, flotte entre eux. Son épouse, Marike, était partie avec leurs trois enfants. Pendant des mois, John avait hurlé comme une bête blessée.

— Marike aussi était folle. Le vrai problème, si tu réfléchis bien, c'est l'éducation et tous ces contes idiots. Les femmes veulent un prince charmant, fier, courageux et fidèle à vie. Au moindre dérapage, elles t'envoient leurs talons aiguilles dans le cœur ou agitent le drapeau du désespoir. Les femmes sont trop compliquées ; quand elles claquent la porte, elles s'attendent à ce que tu leur galopes derrière, au lit elles hurlent « non ! » pour t'encourager, elles veulent qu'on les respecte et se conduisent comme des gosses capricieux. Pour en revenir à cette histoire, l'essentiel est de tout cloisonner. Ne laisse rien déborder. Isabelle a de la patience et ne te quittera jamais, mais il vaut mieux garder ce genre d'affaire loin du paysage conjugal.

Éric jette un œil sur sa montre. À cette heure-ci, son épouse revient de sa leçon de golf. Elle restera une heure avec son père puis rentrera donner des ordres aux domestiques, avant de passer la soirée à bavarder avec ses amies. Isabelle est une femme prévisible. De l'index, il compose un message rapide : *Bien rentré de Munich, serai à la maison vers 20 h 30.*

Chaque jour, quand je m'éveille, cette même pensée me vient à l'esprit : si peu de choses et si peu d'êtres dans une vie vous donnent l'envie de sortir du lit. Tu es ma plus belle raison de me lever le matin.
Stéphanie

Allumer une cigarette après le café, voilà une chose qu'Isabelle Meyer ne fait plus depuis vingt ans. Comme de rester en pyjama après neuf heures, de ne pas se brosser les dents, de ne pas faire la liste des tâches du jour, de ne pas trier le courrier, de ne pas téléphoner à son père, de rater sa leçon de golf. Il est presque quinze heures. Les mégots forment un tas dans le cendrier. Les doigts de sa main droite se plient et se déplient dans sa paume. Bouger sa jambe gauche coincée sous elle, elle n'ose pas. Elle se dit que si une once d'elle changeait de place, le hurlement qu'elle retient péniblement depuis des heures la rendrait folle.

Un jour, je te dirai ce que la mer est à tes yeux, je te parlerai du cœur des femmes, je te raconterai la mémoire de Pénélope, le rêve d'Isolde, en te tenant la main. Et il n'y aura ni rides, ni montre, juste une certitude.
Stéphanie

Isabelle se masse longuement le bas du dos, glisse les doigts sur les coussins de soie du sofa et examine le salon en se mordant les lèvres. Elle le voit encore, le petit antiquaire du faubourg Saint-Honoré, dégoulinant d'amabilité, faisant miroiter sous le regard ébloui de son époux cette belle paire d'appliques en bronze doré. Et la galeriste à la silhouette de déesse, désignant d'un ongle saignant le portrait de Renoir tout en la toisant d'un éclat turquoise. Ou la décoratrice à la chevelure de lionne, qui jetait sur le canapé les chatoiements mordorés d'un « miracle textile » lui creusant les hanches. Certaines femmes ont ce talent de reléguer les épouses au rang de ménagères provinciales en un geste, deux courbes et quelques ombres. Bien placés.

Ce qui me manque le plus : un matin de brouillard dans une ville morte, le calme des rues, la banalité de phrases échangées dans le désordre de deux têtes penchées sur un journal du matin, un café qui déborde dans une soucoupe, l'ennui d'une heure d'hiver qui nous endormirait côte à côte dans le silence d'une fin de journée pesante, une ampoule grillée et le reproche qui vient sans qu'on puisse l'arrêter. Une casserole brûlée, un chiffon en tas, un anniversaire oublié... Un quotidien à deux où l'attente n'existe plus.
Stéphanie

Elle rassemble les papiers, jette un dernier coup d'œil.

Tu es décidément hystérique et obsessionnelle. Oserais-je te dire que ta démarche est puérile et pathétique ?
Éric

Remonter les manches de son peignoir lui semble un effort insurmontable, elle pose ses deux pieds nus à plat sur la moquette épaisse. Elle se souvient fugitivement d'un moment d'il y a longtemps, d'un plâtre qu'on venait de lui retirer. « Un premier pas, un deuxième, le reste viendra tout seul », lui avait dit le médecin.

Son corps sous la douche, eau tiède, chaude, froide. Elle en savonne, frotte, longuement, chaque partie. Encore ruisselante, elle tente d'allumer une cigarette, le tabac s'écrase sous ses doigts. Une heure s'écoule sans que devant sa feuille elle ne parvienne à tracer une ligne. Elle se sent divisée en mille voix contraires, qui débattent, s'affrontent, ordonnent, s'apaisent, s'enflamment, s'éloignent et se rapprochent. Se nourrir, elle n'y pense pas. Sa cartographie de vingt-cinq années de vie conjugale a explosé. L'annonce d'une naissance se télescope avec l'image d'un toit de maison, un souvenir de voyage avec celle d'un carnet scolaire, le jour de son mariage avec un paysage marin. Le téléphone sonne comme la cloche d'une église lointaine, étrangère.

« J'ai toujours été à ses côtés, se dit-elle. J'ai toujours fait exactement ce qu'il m'a demandé de faire. Je l'admirais. Je l'ai toujours admiré. Cette façon qu'il a de surgir de la boue avec son regard intact. Il ne ment pas, il se tait. Il ne prétend pas être autre chose que ce qu'il est, il ne dit rien. Je ne lui ai jamais posé de questions. Si, une fois, une seule, sur le bord d'une plage. Je me souviens, il suivait du regard une femme qui nageait. Il avait un drôle d'air... L'air d'un homme en prison qui aurait voulu être à la place de ce corps nageant librement, à grandes brassées. Je ne savais pas qui elle était. Personne ne la connaissait. Une totale inconnue. »

Le souvenir s'impose.

Ils étaient un petit groupe que l'été rassemblait chaque année. De ces gens que onze mois de l'année séparent et que quelques verres de vin ou de loisirs rassemblent pour quelques semaines. On s'aborde : « Quand êtes-vous arrivés ? Combien de temps restez-vous ? Les enfants, ça va ? Vous êtes toujours dans l'immobilier ? Vous viendrez bien prendre un verre ? » De ces gens qui le soir font dire aux femmes : « Dis, tu ne trouves pas que Marguerite a pris un sacré coup de vieux ? Tu savais pour son fils ? Moi, je ne suis pas surprise, ça lui pendait au nez... », et tous ces commentaires qui meublent la saison estivale. La veille, vers les cinq heures, était apparue à l'horizon une barrière noire suivie d'une première cataracte. Les eaux de la grande marée étaient en route vers le rivage. La tempête s'était déclenchée quelques heures plus tard, retenant à l'intérieur de leurs demeures les vacanciers. On en comptait une comme ça tous les vingt ans, plus ou moins. La nuit avait été rude.

Le lendemain, vers la fin de la matinée, ils s'étaient retrouvés, chaussés de bottes, enveloppés dans des cirés, et avaient marché en suivant la ligne que formaient les éléments charriés par les vagues, arrachés au rivage. Pêle-mêle, les algues au corps à corps avec les herbes, cailloux, coquillages et détritus marquaient le chemin sinueux. Quelqu'un – une femme – avait dit d'une voix de gorge nouée : « C'est affreux, ces touffes emmêlées comme des cheveux, on dirait des perruques, et ces débris, cette chaussure d'enfant, tout ça sent... » Un homme avait ri en désignant la crinière des vagues rebroussée en arrière sous les gifles du vent : « Les chevaux de la mer ! » Les dunes, pilonnées la veille par l'océan et la pluie torrentielle, formaient des à-pics à l'aplomb de la plage. Ce qui était, quelques heures à peine auparavant, dégringolade douce de sable blond n'était plus qu'une muraille grise de sable mouillé suintant de racines chevelues. Un pin s'était effondré, cime en avant, dans les remous ; une canalisation plongeait, brisée, dans le sable humide, répandant l'eau brunâtre des marais par la béance de la blessure, en un suintement sale. Au-dessus, le ciel bleu opaque. Pas un nuage. Le vent cinglant la mer. Chacun scrutait l'horizon avec inquiétude et gravité. L'onde à qui l'on aurait confié, hier encore, son corps, ses jeux, ses joies, ses rires, était désormais une ennemie redoutable.

Un homme avait pointé un doigt en direction de l'océan. Éric s'était approché du bord, stupéfait, fasciné. Une femme nageait dans l'écume des vagues, loin du rivage. Bizarrement, il leur semblait l'entendre rire avec tous les soubresauts de son corps. Le cou d'Éric s'étirait pour la suivre des yeux.

Ce n'est pas si extraordinaire un homme qui regarde une femme nager comme ça. Mais il y avait chez lui cette admiration douloureuse. Il ne pouvait voir ni son visage ni son corps, juste cette nage puissante, régulière. Un corps qui fend les vagues et joue avec elles. Colère contre colère.

Puissance contre puissance.

Amour contre amour.

La mer qui s'étend sans limites.

Sans limites.

L'aspiration d'un homme à cela. À ce combat, cette joie-là.

« Il a toujours été très mauvais nageur, se souvient Isabelle. Il ne brasse pas l'eau, il la tape. Il ne brasse pas la vie, il la bat. À grands coups de battoir et la vie cède toujours devant lui. »

Les pieds d'Éric dans le sable et la fille au bout de l'horizon, dont personne n'avait vu le nez, la poitrine, la bouche, les mains, mais dont chacun pressentait pourtant la certitude, la confiance. L'incroyable liberté. Et chez lui ? Une tristesse infinie. Elle voulait comprendre.

— Qu'est-ce qui ne va pas ?

Il s'était détourné.

Elle ne voyait pas ce qu'une femme qui nage peut porter de douloureux pour celui qui l'observe. Elle ne le voyait pas ! La vie, pour elle, c'est la vie comme elle est. Mais lui, lui qui ne voit jamais personne, qui n'écoute rien, la regardait comme le Messie, la révélation. Il avait répondu :

— Elle ne nage pas, elle rêve. Vivre comme ça, c'est la seule façon de supporter la vie.

Elle était peut-être simplement une sportive, quelqu'un qui aime la natation, mais lui : « Non. Elle rêve. »

Ce rêve qui lui avait sauté aux yeux, qui avait éveillé en lui une envie subite, était devenu sa seule raison d'être et de souffrir. Mais si cette femme avait été à lui, sirène, sportive ou folle, il l'aurait détruite. Comme il a détruit Laurence, Ève, Linda, Nathalie... Comme il a détruit cette Stéphanie. Elle aurait dû rester à distance, ne pas tant se révéler à lui, moins se donner. Elle était comme celle qui nage. À fond dedans. Prête à se noyer pour garder son rêve, son mystère, son rythme, sa profondeur. Muscles et âme ; à fond dedans ! Les pieds qui battent, les mains qui brassent, la peau qui prend tout de plein fouet, le cœur au diapason de l'onde. C'était donc ça ce qu'il voulait, mais en restant bien au bord et que l'eau ne le couvre pas plus haut que ses pieds. La vague, il n'en voulait pas pour lui.

— Il y a des choses que tu ne peux pas comprendre, tu n'as pas de vie intérieure. Pour toi, tout est simple, lui avait-il dit.

Simple de surprendre les gestes sous la table, les coups d'œil complices ou haineux. Simple de compter les sachets de poudre dans la boîte en buis.

De la fenêtre ouverte monte un rire d'enfant. Isabelle se penche. Qu'est-ce qu'elle est mignonne, cette gamine. Il voulait quatre enfants. Elle, après son histoire avec une voisine de palier, elle n'en voulait plus. Pourquoi n'avait-elle rien dit ? Elle aurait dû hurler. Elle n'avait pas pu. Elle faisait semblant de dormir lorsque, vers quatre heures du matin, il rentrait et se faufilait dans leur lit. Il lui restait la journée pour pleurer. Elle se disait : « Ça passera. » Sur elle, elle avait les mains de son bébé. Ses mains à lui, elle ne les supportait plus.

Elle s'incline pour mieux voir la fillette dans la cour. C'est joli cette petite robe. Au fond, la mode ne change pas tant que ça. Une petite fille reste une petite fille. Il lui avait dit : « Si je dois comprendre une chose, une seule chose, c'est ça : comment naît un enfant. » Il avait fallu que ça tombe sur eux. La sirène du moniteur, les gouttes de sueur sur le front de l'obstétricien. Éric poussé dehors par l'infirmière :

— Ne restez pas dans la salle, nous avons besoin de place.

Les mots murmurés derrière les masques, le rideau vert devant le ventre. Un brouillard cotonneux. Un vertige. Une absence. D'autres qu'eux ont entendu le premier cri de Catherine. Est-ce que c'était si important que ça ? Elle était là, recroquevillée au creux du berceau. Personne n'avait plus peur. Sauf lui. Il ressemblait à un naufragé tout juste rescapé d'une tempête. Blafard. La peur du ressac au fond des yeux, la hantise du désastre irradiant ses pupilles, comme un reproche. Ivre de fatigue et d'angoisse. Elle se disait : « Ça passera. » L'infirmière lui avait mis le nourrisson dans les bras. Il sentait la frangipane.

— Elle s'appellera..., avait-elle dit.

— Je m'en fous. Elle s'appellera comme tu voudras.

Ses deux mains agrippées au berceau, le regard qui n'en démord pas. Un effroi et une admiration sans bornes. Un peu plus tard par téléphone, il avait dit à quelqu'un, devant elle :

— Elle s'appelle Catherine, elle est magnifique.

Catherine, comme Catherine Deneuve, parce qu'elle était la Séverine de *Belle de jour*, mais qu'il n'aimait pas trop ce prénom, Séverine. Un film qu'elle n'avait pas vu, un livre qu'elle n'avait pas lu, une conversation qu'ils n'avaient pas eue. Catherine sonnait comme un jour de victoire, un jour d'amour. Un gong dans leur vie. Catherine ? Qu'importe s'il était heureux.

— Un jour, je lui dirai, avait-il dit.

— Tu lui diras quoi ?

— Tu ne peux pas comprendre.

Elle vit le film des années plus tard et pensa que c'était quand même étrange qu'un homme donne à sa fille le prénom d'une actrice incarnant une prostituée.

Isabelle voudrait retrouver les images, les instants, dans l'ordre. Vingt-cinq ans. Catherine est née un 20 mars. Il devait faire encore froid. C'est son père qui le premier s'était décidé à parler, sur la rive du lac du bois de Boulogne où elle poussait le landau du bébé.

— Il vaut mieux que ce soit moi qui te le dise, Isabelle. Tout Paris est au courant.

Elle compta sur ses doigts. Huit mois sans sexe. Le corps d'une femme enceinte, et cette cicatrice. Il rentre du bureau, elle a un bébé dans les bras, il part, elle a un bébé dans les bras. Qu'est-ce qui lui reste ? En allant chez le coiffeur, à la gymnastique, en embauchant une nounou, elle y avait cru. Cru aussi que l'envie de lui reviendrait, que son cerveau cesserait de faire des cabrioles de dégoût lorsqu'il posait les mains sur elle.

D'année en année, elle entendait toujours et encore cette même question : « Pourquoi restes-tu ? Il te trompe, il a un caractère épouvantable, et tu dis toi-même que c'est un amant lamentable. »

Comme si la vie se résumait à ça. Il y a des gens qui aiment vivre dans des châteaux en ruine, qui passent leur temps et mettent tout leur argent à remplacer les tuiles. Éric, c'est un château en ruine. Il a ses tours et ses caves profondes qui sentent le moisi et où ne courent que des rats, ses greniers magiques et ses grands salons superbes. Elle découvrait toujours de nouvelles pièces. Elle était fascinée. Comme on peut l'être par une mauvaise série à la télévision. Mais il y a toujours une tempête de trop. Ce moment où l'on constate une nouvelle fois les tuiles répandues sur la terre et tout devient peine perdue, laideur, stupidité.

— Tu te contentes d'une vie de psychologue de bas étage, lui avait asséné son père. Tu cherches le mystère derrière l'action la plus vile, une vérité dans le silence des mots, ta curiosité te sert d'alibi. Pourquoi pas ? Mais tu me fais penser à ces fous qui n'hésitent pas à plonger les mains dans un marécage boueux et abject pour trouver des pépites d'or. Tu crois être la seule à pouvoir comprendre cet homme, à savoir le protéger ? Éric : une mission, ta mission ? Une fois encore, pourquoi pas ? Si ça te permet de tenir la tête hors de l'eau, d'avancer. Mais comprends bien une chose : tu n'es pas à ses côtés. Vous n'êtes pas sur le même chemin. Et tu te tais ! À force de lui faire croire à cette image que tu lui renvoies et qui minimise l'engagement, le respect, la bonté, tu le détruis. Tu lui caches ce que tu sais comme si ça pouvait aider quelqu'un de lui cacher ce qu'il est réellement. Est-ce que tu ne crois pas qu'une bonne paire de gifles de temps en temps ne lui ferait pas de mal ?

Elles sont venues, l'une après l'autre. Le défilé des humiliées. Elles venaient. Un jour, n'y tenant plus, elles venaient. Il leur fallait, à ces femmes détruites, comparer leur ruine à celle de l'épouse. Elles repartaient plus seules et détruites qu'avant. Isabelle les anéantissait d'une phrase, gentiment murmurée :

— Vous savez, vous n'êtes pas la première. La vie est longue. Vous vous en remettrez.

Ni haine ni envie. Un mépris. Un triomphe. Renouvelé. La prochaine, elle l'attendait comme une araignée attend une mouche.

— Vous ne méritiez pas ça, leur disait-elle.

Elles la croyaient bonne tandis qu'elle leur chuchotait en silence : « Meurs, mouche, insecte, pauvre victime, petite rien. »

Du coin de l'œil, elle les évaluait : poitrine, hanche, jambes, prunelle mouillée, chevelure en désordre, mains tremblantes. Elle contemplait leur débâcle. Celles qui ne venaient pas à elle, venaient quand même. Cette manie qu'il avait de leur faire franchir le seuil de leur maison ! Un dîner, un cocktail. Il y a toujours une hésitation dans la démarche d'une femme, quand elle se trouve chez son amant – et que ce dernier est marié ; une inquiétude dans les yeux, une distance calculée. Les bafouées arrivaient tard, buvaient trop, partaient tôt ; les élues croisaient les jambes haut, coulaient des regards de lave vers lui, bombaient la poitrine. Au geste près, elle savait tout de ce qu'il y avait à savoir. Une chorégraphie, un spectacle passionnant. Elle se les avalait en imagination. De lui, elle avait un enfant. Elles, rien.

Un jour, dans un café, un homme lui avait dit :

— Parle-moi de toi, Isabelle.

En une seconde, elle avait repassé dans sa tête le défilé des humiliées. Elle n'en était pas. On est araignée ou mouche. Chacun son rôle. Stéphanie ? Elle était venue, forcément, puisque rien n'amusait plus Éric que le rassemblement des mouches. Celle-là avait échappé à Isabelle. Elle avait eu beau chercher dans l'image exposée sur Google la trace d'un souvenir. Rien. Cette Stéphanie, c'était la femme qui nageait à l'horizon sans visage et sans corps. Sans limites. Sans raison. Elle était la tuile de trop. Celle qui tombe et après moi le déluge. L'innocente dont le destin rend tout impossible. Jamais Isabelle n'aurait pu lui dire :

— Vous ne méritiez pas ça.

La brise pousse la fenêtre. Une éclaboussure de soleil sur la page blanche. Elle grignote l'ongle de son index. C'est compliqué la mémoire. Les choses, les moments, les mots affluent dans le désordre. Ce petit bistrot du 15e arrondissement. Leur étonnement devant le menu. Il s'était exclamé : « On peut manger trois plats pour dix francs ! » L'immense amour qu'il lui avait fallu, à elle, pour accepter de l'entendre s'exprimer ainsi. « On peut manger ». Chez elle, ils auraient dit : « Il est possible de déjeuner pour... » Son émerveillement à l'idée que cet amour-là dépassait tout, même le « on peut manger ». La table en Formica, l'envie pressante d'être dans le petit appartement, nus, tous les deux. Et elle : « Comment était-elle votre maison à Besançon ? » Et lui : « Un pavillon, à l'entrée d'une impasse. Tu voudrais le connaître ? » Et elle : « Qu'est-ce que c'est : un pavillon ? »

Ils n'en avaient jamais reparlé. Le père d'Éric ? Un homme voûté et taciturne, venu chez ses parents un soir de printemps, quelques semaines avant leur mariage. Sévère, engoncé dans un costume étroit, lustré aux manches, avec cette démarche légèrement vacillante des fournisseurs reçus, par exception, dans le grand salon. La poignée de main du père d'Isabelle, onctueuse, la mine charitable et compassionnelle de sa mère. Éric les observait, les uns et les autres, une jubilation pétillante dans les yeux qui semblait dire : « Boiseries ? Argenterie ? Tout ça n'est rien. L'avenir, c'est moi. »

Ils étaient cinq autour de la table gigantesque, concentrés en son centre. Le père d'Éric buvait beaucoup et parlait chasse, surtout. La mère d'Isabelle avait commenté d'un ton de dame patronnesse : « Ça n'a pas dû être facile pour vous d'élever un enfant seul. » Le regard d'Éric avait croisé celui de son père : « Vous irez au Cap Ferret cet été ? » avait-il esquivé. Isabelle avait revu son beau-père une dizaine de fois. Ils n'avaient rien à se dire.

Les premiers moments, le vacillement. Elle était comme les autres, elle y croyait. Un quai de la Seine, un matin d'automne. Du temps où il n'y avait ni mouche ni araignée. Du temps où le temps s'offrait. Comme il s'offre à cette petite fille sous sa fenêtre. Un début de week-end. Un passager de plus. Quelqu'un l'avait mise en garde : « Polytechnicien, les dents qui rayent le parquet, dragueur et prétentieux. » La voix d'Éric, ses questions brèves articulées d'une voix grave, un peu cassante. Ses rires saccadés. L'envie d'un *toujours* qui surgit comme un étourdissement. Passé Mantes-la-Jolie, elle aurait donné sa vie pour lui. Pour toujours.

À la première blessure, elle s'était retranchée en silence dans son petit coin d'ombre. Le petit coin d'ombre... Comment appelait-il ça, Pouchkine ? Cette humeur entre deux eaux qui n'est ni le cafard ni la mélancolie, cet état nauséeux qui tient à l'écart de la vraie joie. *Nigouna.*

— Pouchkine ? Mais tout le monde se fout de Pouchkine ! lui avait-il asséné.

Elle n'a pas terminé sa thèse. Rien de ce qu'elle lisait ne trouvait grâce à ses yeux. Elle a cessé d'aimer les livres. Plus exactement, elle a cessé d'oser aimer les livres qu'elle aimait. « Tu perds ton temps », lui disait-il en feuilletant ses livres de chevet avec une moue de mépris.

Lui aimait les livres d'histoire et *Belle de jour* de Joseph Kessel. Elle avait essayé ; Renée, Henriette, Séverine. Le livre lui tombait de l'âme. Elle s'y enlisait comme dans un champ de boue, trébuchant à chaque ligne. Elle n'était pas faite pour ce bourbier-là. Séverine. Catherine Deneuve. Catherine. Sa fille. Comment avait-il pu ?

— Maintenant, murmure-t-elle, le temps, je vais le prendre. De force. J'abandonnerai ma toile, ma salive, mes pattes, mon univers arachnéen.

« Arachnéen... »

Elle se le crache, ce mot.

Elle se le grimace.

Une dernière fois.

De l'avion, elle contemplera le monde de haut. Elle verra des villes, des visages inconnus. « Faire son deuil » ; ils ont tous cette formule à la bouche. Elle n'a rien à enterrer. Des morceaux de verre, des bouts de miroirs. Un chagrin vague, comme un vertige, le vertige de ce qu'elle n'a pas été.

La tête dans les mains, les yeux rivés sur la page blanche, elle voit le puzzle se recomposer lentement. L'ailleurs que sera demain entre en elle, elle en respire goulûment le parfum. Le possible, si souvent caressé et toujours écarté, est devenu LE certain.

Il est vingt heures lorsque le chauffeur dépose Éric devant sa porte. Sa voix résonne dans le hall : « Isabelle, je suis rentré ! » Pas un bruit à l'étage. Il pénètre dans le salon, retire sa veste, la pose sur le sofa en lissant les manches. Sur la table basse, elle a laissé traîner une liasse de papiers. Il déteste le désordre.

— Les bureaux ne sont pas faits pour les chiens ! crie-t-il, la tête tournée vers les étages.

Elle se prend pour un écrivain, maintenant, remarque-t-il en jetant un œil ironique sur la feuille du dessus.

Il se dirige vers le bar, s'immobilise en jetant un regard inquiet vers les papiers.

— Le dîner est prêt ? aboie-t-il. Je suis crevé !

Vingt ans d'âge. Il a toujours aimé ce genre de whisky. Il revoit la tête bovine de Michain, son cou gras, ses yeux chafouins qui le fixaient avec haine. « J'ai eu ta peau, Michain », ricane-t-il. Il allume une cigarette en examinant avec satisfaction le salon. Il a bien fait d'acheter ce Renoir, ça en jette. La signature, surtout. La femme, un peu grosse, a l'air idiot. C'est Renoir. Ce qu'il lui faudrait maintenant, c'est un Monet. Comme celui de John, avec une belle signature en bas.

Le genou appuyé sur le dos du sofa, il se penche vers la table basse.

Je te quitte, Éric.

Le verre roule sur les coussins de soie.

— Isabelle ! hurle-t-il en courant vers les étages.

Dans la chambre qu'il parcourt en trombe, comme dans la salle de bains de son épouse, les portes des placards ont été laissées ouvertes.

Je te quitte, Éric.

J'ai été à tes côtés ce que tu voulais que je sois : la mère de ton enfant, un instrument social et ton associée à chaque étape de nos vingt-cinq années de vie commune.

Depuis notre mariage, jour après jour, je t'ai écouté laminer les membres de ma famille, insulter mes amis, détruire tes partenaires dans leur dos, cracher sur tous, et il ne m'a jamais paru important de te mettre en garde. J'ai souvent pensé que l'insulte n'était chez toi qu'une forme d'exutoire. J'aurais dû réaliser plus tôt que les mots comme les gestes forgent les êtres. Les gestes ! Combien comptes-tu de maîtresses, Éric, combien ? Je l'ignore. On ne peut pas tout savoir et, pour être juste à ton égard, ça m'a presque toujours été égal. Corinne, Ève, Linda, Laurence, Amélie et les autres ; toutes ces femmes dont je connais l'existence, sans parler de tes partouzes. Ce petit monde qui s'avouait à moi, un jour ou l'autre. Il suffisait d'une trahison de trop pour que déboule la dernière de tes victimes qui me prenaient pour confidente. Je dois avoir une tête à ça. Tes anciennes maîtresses devenaient naturellement mes indics. Depuis exactement vingt-quatre ans – tu ne m'as laissé qu'une année pour me repaître de mes illusions conjugales – je te suis à la trace avec l'impression de filer un camion poubelle avec son calendrier assez prévisible d'ordures quotidiennes et de déchets de fêtes immondes.

Et la drogue, Éric ; ces sachets de poudre blanche planqués dans ta boîte en buis. Il m'arrive de me réjouir que tu ne sois pas dictateur ; avec l'aide de la cocaïne, tu aurais certainement été un remarquable stratège et le pire des bouchers.

Je ne me suis jamais interrogée sur tes cernes de fin de semaine, tes insomnies, tes silences prolongés, tes monologues aberrants, je n'ai jamais essayé d'interpréter, d'aider, d'améliorer. Pour prendre à bras-le-corps toutes tes dérives et te garder sur le chemin, il m'aurait fallu de l'amour, un cœur de mère Teresa ou quelque chose qui me persuade que ça en valait la peine.

J'ai reçu, ce matin, un paquet contenant les copies des courriels que tu as échangés pendant six années avec une femme : Stéphanie Pourtin. Que cette femme ait été ta maîtresse, c'en est une de plus et franchement, encore une fois, ça m'est indifférent. Mais ce que je réalise brutalement, c'est que tu me dégoûtes. Je suis fatiguée de ta présence, de tes petits mensonges, de tes grandes trahisons, de ton odeur, de la manière dont tu craches ton venin en tordant les lèvres, de tes contorsions de petit Napoléon, de ta vulgarité, de la façon dont tu te brosses les dents, de la manière dont tu tiens ta fourchette, de la violence avec laquelle tu ouvres une enveloppe. Quand tu lis, tu as l'air méchant, quand tu dors, tu ressembles à un cadavre, quand tu ris, tu as un visage d'assassin.

Je suis lasse des regards haineux qui se portent sur toi, épuisée par ces tensions que je sens grandir autour de nous. J'ai envie d'une vie simple, baignée de sourires, de calme, d'amitié.

Par-dessus tout, j'ai envie d'une vie sans toi.

Il y avait un mot attaché au paquet. Il t'aidera à comprendre ma décision.

Stéphanie Pourtin. J'ai retrouvé son nom sur Internet. Beau cursus professionnel. Belle femme. J'ai du mal à imaginer que, pendant six années, elle ait pu t'aimer à ce point. Tous ces mots, cette tendresse, cet amour. Je n'aurais pas été capable d'une telle passion. Tu l'as insultée, tu l'as traitée comme une imbécile, une déséquilibrée. Cette femme t'aimait et, de toute évidence, elle souffrait. Tu pouvais l'aider.

Tu ne me fais pas peur – tu ne m'as jamais fait peur, mais je te connais bien et je te sais capable du pire. J'ai donc envoyé une copie de cette correspondance à mon avocat en ajoutant la liste de toutes les femmes qui ont été tes maîtresses, y compris Ève, notre charmante voisine. Elle m'a envoyé tous les mots que tu lui glissais le matin dans sa boîte à lettres. Tu ne lui as pas laissé un bon souvenir. J'ignorais que tu avais un tel sens de l'érotisme linguistique. D'autres diraient : un tel appétit pour la vulgarité... Pardonne-moi cette petite cruauté, mais il semblerait qu'entre les mots que tu utilisais et la réalité de tes performances physiques, l'écart soit incommensurable. J'avais toujours imaginé que tes déficiences n'étaient dues qu'à mon propre manque d'enthousiasme. Je suis rassurée de savoir qu'elles sont largement partagées.

Je te rappelle que nous sommes mariés sous le régime de la communauté des biens et que je suis propriétaire de vingt pour cent des actions d'EM Finances. Au moindre écart, je donne une copie de tes correspondances avec tes maîtresses à tes employés – belle distraction ! –, je vends mes parts d'EM Finances à tes concurrents, je dénonce au fisc tes évasions fiscales et je livre l'adresse de ton dealer aux flics. Oui, je sais très précisément qui te vend ta poudre et j'imagine que tu ne souhaites pas le voir impliqué dans une enquête de ce genre.

Tu recevras les instructions de mon avocat en temps voulu.

Isabelle

Éric avale une rasade d'alcool au goulot et s'éponge le front avant de glisser un doigt tremblant sur le bristol attaché à la lettre.

Madame,

Il m'a semblé opportun que vous preniez connaissance de cette correspondance. Ma mère, Stéphanie Pourtin, a attenté à ses jours. Elle a survécu et subit actuellement, comme nous tous, les conséquences médicales et psychologiques de son acte. Elle a demandé à de nombreuses reprises de l'aide à votre conjoint. Je vous laisse juge des mots qu'il lui a paru bon de lui adresser. Aucun qualificatif ne serait suffisamment fort pour résumer le comportement de votre époux. J'ai, bien entendu, pris la mesure de l'impact potentiel de ce « colis » sur votre famille.

Je l'espère le plus douloureux possible.

Henri Pourtin

Sans réfléchir, il enlève ses chaussures, l'une après l'autre, puis ses chaussettes, se met debout, se débarrasse de son pantalon, de sa chemise, hésite une seconde et retire son caleçon. Son corps est gluant de sueur. « Il est nu », pense-t-il en marchant lourdement vers les hautes fenêtres ouvertes sur le jardin. Il traverse la terrasse, penché sur les dalles, comme un passant à la recherche d'un objet perdu. Il a vaguement froid et grogne en cognant ses orteils sur une masse dure. La nuit arrive.

Par-dessus le mur du jardin, des lumières éparses s'allument sur les façades des immeubles. Il s'assied sur une dalle, les genoux repliés contre la poitrine. L'image d'une momie péruvienne lui vient à l'esprit. Avant, la mort avait une autre gueule. « J'ai l'air d'un con. » Des pas martèlent le trottoir derrière la muraille. Une voix de femme stridente, aiguë, s'élève :

— C'est fini ! Tu entends ? C'est fini ! J'en ai marre ! Tu comprends ? Marre !

Un rire d'homme monte de la rue. La lumière du réverbère plaque l'ombre anguleuse de la paroi sur la pelouse. Un tableau de Chirico. Une menace obscure. Ses lèvres bougent. Éric sent leur texture charnue s'animer. Quelque part, un son vague, comme une plainte. Un vent d'hiver sous une porte. Des deux mains, il comprime sa cage thoracique en soufflant. La douleur est là qui glisse ses tentacules vers l'œsophage, la gorge. Il se dit que c'est le froid. Après s'être frotté méticuleusement les pieds l'un contre l'autre, il pénètre dans la maison et se sert, à ras bord, un verre d'alcool.

Il se masse les paupières puis les joues, avale quelques gorgées, écrase sa cigarette, rassemble ses habits et monte lentement les marches qui mènent à la chambre, bouteille en main, en psalmodiant : « Je m'en fous, je m'en fous, je m'en fous. » Est-ce que les sourcils ont des muscles ? Il n'avait jamais réfléchi à la question avant cette curieuse douleur qui lui entaille le front. Son cœur lui cogne dans les côtes. Sur le chevet, la boîte vierge des anxiolytiques prescrits par le docteur Kaplan. Il ne se souvient pas de la posologie, avale une pilule au hasard en vidant son verre qu'il remplit à nouveau.

— Ce que j'ai fait, je l'ai fait. Le mal, le bien... Tout est tellement relatif. Isabelle ne m'a rien demandé, n'a jamais dit qu'elle souffrait. D'ailleurs, elle ne souffrait pas, elle ne s'intéressait qu'à sa fille. Bien sûr que je suis allé voir ailleurs ! Avais-je le choix ? S'est-elle demandé s'il est possible pour un homme de rester fidèle à une femme aussi indifférente au lit ? Et puis j'aurais voulu qu'elle cloisonne sa vie de femme. Ne pas voir les Tampax. Ne pas la surprendre en train de s'épiler dans la baignoire. Ne pas la découvrir avachie et crasseuse sur le canapé. Ne pas la voir grossir. J'aurais voulu lire dans ses yeux le doute dès mes premières histoires, la surprendre fouillant dans mes poches, espionner mes carnets de rendez-vous. Qu'elle me gifle, qu'elle me crie : « J'ai envie de toi ! » Nos anniversaires de mariage : cette poésie inventée pour l'instant ? C'était insupportable. La poésie se vit tous les jours ou ne se vit pas. Elle savait donc pour mes maîtresses, mes petites habitudes et la cocaïne ? Elle n'a rien dit. Quelle duplicité. S'est-elle insurgée, inquiétée ? Jamais. Et cette brutalité que tous me reprochent. M'a-t-elle dit : « Ça suffit, arrête » ? Non, elle se contentait de marmonner : « Tu exagères. » Elle me quitte au cœur du désastre. Elle me trahit. Elle a raison. Pour assister au désastre de l'autre, il faut beaucoup d'amour ou un sens inné de l'héroïsme. Ou être idiot.

Son regard se fiche sur la moquette.

— « Que votre Moi soit le bienvenu au monde. » Où ai-je entendu cette phrase stupide ? Quel est l'être qui accueille le Moi de l'autre avec bienveillance ? Quel est l'être qui, simplement, accueille l'autre et lui dit : « Je te reconnais. » L'autre, c'est difficile. Les nuits de Besançon. Il m'aurait fallu un guide, quelqu'un qui me fasse accepter, qui m'aide à franchir le seuil, ce petit passage très étroit entre l'amour et la révolte, pour m'entraîner tout de même vers la vie. Tout de même. Je suis resté en deçà du *tout de même*.

À l'extérieur, ne reste des lumières de la ville que celle du réverbère qu'il contemple en sirotant son verre. Et le phare de la tour Eiffel. Qui balaye la nuit. Et la ville. Tous sous surveillance. Vous ne sortirez pas. Jamais.

Ils n'étaient pas sitôt entrés
Que le boucher les a tués.

Il vacille sur ses jambes. S'il y avait quelqu'un, il lui dirait : « Vous avez eu douze ans, n'est-ce pas ? Et moi aussi, j'ai eu douze ans ! Comme elle, comme vous. Comme tout le monde ! »

— Comme tout le monde, répète-t-il tout bas.

Il inspecte le lit, les chaises. Elle aura laissé son foulard rose. Celui qu'il aimait. Entre tous. Il lui vient un petit rire. Le seul foulard qu'il aimait entre tous. Ridicule. Et le foulard rose n'est pas là. Elle a dû le laisser dans un tiroir. Il se souvient maintenant qu'il dormait avec. Au pensionnat.

— Ce n'est pas le sujet ! tonne-t-il avec sa voix des salles de réunions.

— Pas le sujet ! lui renvoient les murs.

Il hausse les épaules, pose sa main sur un coussin. Un flanc d'animal. « Il me faudrait un chien. Un chien comme là-bas. Haut comme un veau, roux comme un diable, intelligent comme un homme. Avec des mâchoires qui claqueraient dans un bruit mat. Clac. Tu approches, tu es mort. Clac, Kaplan. En un coup de dents. Dégommé. Comme là-bas. » Il ferme les yeux. Les mâchoires sur ses mollets maigres. Les dents qui happent la chair. Ce qu'elle a vu. Dans sa propre chair ?

— Non !

Son poing sur la paroi. Cette douleur dans les phalanges. Il s'assied sur le lit, assommé. Il aura vu cette scène au cinéma. À la télévision. Peut-être. Il masse sa main. Il n'a rien. Une gorgée de whisky.

— Revenons-en à l'ordre du jour, soupire-t-il. Quelle est la problématique ? Résumez-moi la situation.

Les cadres se rassemblent autour de lui. Ils sont une dizaine sur la console Régence, alignés comme des soldats. Il est content. Il a toujours aimé ça : l'ordre. Les médicaments dans l'armoire à pharmacie : classés. Ses costumes dans son dressing-room, beige, gris, noir, été, hiver, jour, soirée : rangés. Les chemises, bleues, blanches, rayées : triées. Et idem pour les chaussettes : couleur, matière, et idem pour la cave à vin : millésime, producteur, blanc, rouge, rosé, et idem pour les livres : auteur, sujet, taille, et idem pour...

— Je suis un homme de méthode !

Les mots cognent contre les murs. « Il faut savoir se faire respecter des cadres », lui dit toujours John.

Une chute. Le visage d'Isabelle en robe de mariée zébré de débris de verre.

— Bien fait ! crache-t-il. Tu ne fais plus partie de l'organigramme.

Il croise les bras. Se ravise, croise les mains. Se ravise encore, croise les genoux. Le coach : « Monsieur Meyer, chacune de vos attitudes physiques révèle votre position intérieure. Reprenons. » Il ne sait plus. Pourtant tout ça lui avait paru très clair.

Son cœur dans ses tempes. Un tambour. Des poings qui martèlent à l'intérieur. Bong. La vie est une jungle et s'il l'a voulu là, au-dessus de la cheminée, ce trophée de lion, c'est qu'il lui trouvait une ressemblance : le portrait craché du vieux. Il ricane silencieusement.

— Mais qui croyais-tu tromper ? rugit faiblement le lion.

Une cigarette. Un verre de whisky. « Qui y avait-il à tromper ? Exactement qui, Papa ? » Il les revoit, dans un brouillard nauséeux, alignés dans la nef : aristocrates, banquiers, entrepreneurs, hommes politiques. Catholiques. Tous catholiques. Elle, ravissante, fraîche, souriante, élégante. Lui, heureux. Elle l'aimait. La vie serait belle. Tout est compromis. Quel mal y a-t-il à accepter ce qui plaît à l'autre ? Et s'il leur faut l'encens, l'hostie, l'Évangile, les sermons, pourquoi pas ? Combien d'entre eux ont la foi ? Combien d'entre eux échangeraient leur... ce qu'ils nomment leur religion contre leur position sociale ? Combien ? Aucun. Et moi ? Moi, je n'ai pas de religion. Ai-je choisi de ne pas en avoir ? Non. Je trahissais qui ? Isabelle ? Mais Isabelle m'avait affirmé : « Ces bondieuseries, je m'en fiche, mais je veux me marier à l'église, comme ma mère, en robe blanche. »

Il tourne les yeux vers le cadre brisé. Ça lui apprendra.

Dieu ? Mais c'est quoi Dieu ? Une idée, un concept de salon, un club. Au nom du Père, du Fils et du Saint-Esprit, et ces debout, assis, à genoux.

Il se penche vers les tessons de verre en vociférant :

— Et pourquoi pas couché, tant que tu y étais ? Hein ? Ton désordre, les heures avachies, les rires pour rien, les gens pour les gens, la musique pour le bruit, les livres commencés par la dernière page. Tout ton laisser-aller ! Un homme de mon intelligence ! Je méritais mieux ! Tu as eu beaucoup de chance de me rencontrer. Et je vais t'expliquer. Cette Stéphanie, c'est personne, rien, une névrosée, une folle.

Il se frotte le visage.

— Une folle ! Avec ou sans moi, de toute façon elle l'aurait fait. Elle est complètement déséquilibrée.

Comme tous les artistes. Ces gens-là... Ils ne sont pas comme nous, les gens normaux.

Dehors, la lumière en est arrivée à ce point mystérieux qui oscille entre la nuit et le jour. Il ne sait plus s'il a dormi.

D'un tiroir, Éric extirpe une boîte en buis. De l'ongle, il soulève le couvercle, palpe la paroi intérieure. « Plus fiable qu'une femme », se dit-il. Une aspérité métallique. Le double fond se soulève. Il saisit un sachet de poudre, dépose dans un creux du dos de sa main, entre le pouce et l'index, la dose qu'il aspire par la narine. Il range un autre sachet dans sa poche et lorgne la boîte d'anxiolytiques et l'ordonnance, sur la table de chevet.

Docteur Robert Kaplan
Service de psychiatrie
Hôpital Sainte-Ursule

— Ordure, grogne-t-il, en fourrant deux dragées dans sa bouche, qu'il avale en vidant la bouteille d'alcool.

Derrière lui, le lion chantonne en dormant.

Quand le boucher entendit ça
Hors de sa porte il s'enfuya

Il tapote la crinière. « Dors bien, Papa. Ça fait longtemps, hein ? » Un pétillement parcourt son corps. Sa poitrine se dilate. « Je pars à la chasse. » Le ciel pâle. Respirer là-bas. Son esprit est aussi net que la lame d'un sabre. Il ouvre la fenêtre, grimpe sur le rebord. À peine sent-il l'effort. En équilibre sur le parapet, il évalue la distance et la courbe que suivra son corps. Il rasera le sol, remontera comme un jet vers le ciel, planera au-dessus des toits. Comme Peter Pan. Peut-être se posera-t-il sur l'Arc de triomphe ? Un pied dans le vide, il se ravise.

Pour un peu, il aurait oublié Clémence.

La ville est vide. Le soleil n'a pas franchi la ligne d'horizon. C'est une aube de juillet, pâle et violacée. Vers les six heures. Il franchit d'un bond les marches du perron en prenant soin d'éviter le pan de la jupe bleu marine de la petite fille assise sur l'une des marches. Elle ramène, boudeuse, l'une de ses nattes brunes sur son épaule.

— C'est normal, murmure-t-elle en tendant la main vers lui.

— C'est possible, répond-il en la tirant vers lui. C'est à cause du secret.

— Oui, réplique-t-elle gravement. Parce que c'est toi l'héritier.

Ils remontent l'avenue, main dans la main, comme deux spectres. De temps à autre, il se penche vers elle et elle sourit sans joie, le regard transparent.

Ensemble, ils contemplent longuement la Seine sous le pont Alexandre-III.

— Nous nous battrons, tous les deux, seuls contre tous. Tu ne mourras pas comme le Prince Éric. Jamais. On se fabriquera des armes.

Il opine d'un battement de cils.

Elle grimpe sur la balustrade, lui caresse les cheveux.

— Comme Christian et Éric, chuchote-t-elle. Ils enverront des espions, des poisons. Ils vont essayer de te tuer. Comme elle. C'est normal.

Penché au-dessus du fleuve, Éric tente d'apercevoir le corps dans l'eau. Clémence a plongé sans bruit.

Il siffle un air d'avant en remontant le boulevard Saint-Germain. À l'angle de Raspail, un homme âgé considère pensivement le bas de la façade d'un immeuble et lui désigne une inscription du doigt. Trois vers de Paul Éluard :

Toute l'infortune du monde
Et mon amour dessus
Comme une bête nue.

— Tu comprends ? demande l'homme avec une expression inquiète.

— Oui, Papa, répond Éric, je comprends.

Et il se met à rire à gorge déployée tandis que le vieux s'éloigne.

— Mais le lièvre, lui crie Éric, le lièvre ?

L'homme se retourne, les taches d'ombre autour des yeux lui font comme un masque. Il pointe vers lui une main qui fait mine d'actionner une gâchette.

— Il faut faire un choix. Et ne pas oublier, Éric. Jamais.

Puis, il disparaît, avalé par un mur. C'est curieux. Il pensait que seuls les dromadaires et le Diable disparaissaient dans les murs. Pour les hommes, il ne savait pas. À quelques encablures du carrefour, une camionnette blanche est stationnée. Un déménageur dépose sur le trottoir des caisses de livres. La petite fille est assise sur l'une d'entre elles, les jambes repliées. Elle lit.

— Tu n'as pas eu froid tout à l'heure, Clémence ? questionne Éric.

— Pourquoi est-ce que tu ne sais toujours pas faire tes lacets ? rétorque-t-elle sur un ton sévère en lui montrant la couverture du livre. Fantômette sait tout faire. Elle a compris que le plus important c'est ce qui se cache derrière le mot. Le dictionnaire ment. Il ment ! répète-t-elle en sautant sur ses pieds. Viens !

Un autobus – le premier de la journée – s'arrête devant eux. La petite fille court, monte à la volée, et lui crie :

— Tu enverras des cartes postales ? Tu me le jures ? Tu verras, j'éluciderai le secret. Je n'oublierai pas, Éric, jamais !

« Jamais », la voit-il articuler derrière la vitre, en lui faisant de grands signes.

En contournant la place Denfert-Rochereau, Éric pointe du doigt le lion de bronze et entonne *Les Loups* de Serge Reggiani :

« Regardez bien, gens de Denfert, regardez-le !
Sous son manteau de bronze vert, le lion tremble ! »

Il n'a jamais été aussi heureux et beugle le long de l'avenue :

« Et v'la qu'il fit un rude hiver
Cent congestions en faits divers
Volets clos on claquait des dents

Même dans les beaux arrondissements
Et personne n'osait plus le soir
Affronter la neige des boulevards, alors !
Les loups, ouh ! Ouh, ouh ! »

Une fenêtre s'ouvre au-dessus de lui.

— Ta gueule, poivrot !

Le bras d'Éric trace dans l'air un lent arc de cercle, puis il le pointe vers la fenêtre en hurlant :

— J'aurai ta peau !

Il franchit le porche d'entrée. La chaleur monte par bouffées. L'avenue est bordée d'arbres dont les ombres s'étirent pareilles aux herses d'un pont-levis. L'air est sec, rare. Des moineaux soulèvent la poussière de leurs pattes.

À sa gauche, un large bâtiment ancien, un autre à sa droite, un troisième derrière. Il s'assied sur le trottoir bordant la pelouse, scrute les environs puis s'étire en bâillant. Ce qu'il fait là, il n'en est plus sûr. Avant, il savait. D'un geste mécanique, il sort le sachet de sa poche, trace une ligne de poudre sur sa main, inhale rapidement. Il tâte ses poches, explore la boîte, extirpe une pilule. Comme une vieille habitude. Peut-être a-t-il dormi ? Le carillon d'une cloche le secoue. Huit coups. Un glas. Aux confins du Mexique.

La haute silhouette du docteur Kaplan apparaît au bout de l'avenue. Son corps trace une ombre aiguë sur le sol. Comme un poignard. *Il était une fois dans l'Ouest*. Les joues d'Éric se creusent, ses paupières se rétrécissent.

— C'est l'heure, murmure-t-il en se levant lentement, les deux index passés dans sa ceinture.

Le son d'un harmonica. Quelque part.

En apercevant Éric, le médecin se fige puis accélère le pas.

— Qu'est-ce que vous faites ici, monsieur Meyer ?

« Partir avant », se dit Éric, sans comprendre pourquoi ces mots, là, maintenant.

— Je suis venu pour vous tuer.

La phrase sculpte la chair de la réalité. Avant, rien n'était palpable.

— Vous tuer, répète-t-il, abasourdi, incrédule.

Heureux.

Pour un peu, il se mettrait à danser. Il place ses doigts sur ses lèvres pour empêcher le rire qui lui vient. Un regard glaçant sur lui. Il ne voit pas le geste du médecin dont la main droite se cale dans le bas de son dos. Il ne sait pas que depuis que Robert Kaplan s'est fait agresser à sa porte par un dénommé Martineau qui lui a ouvert le flanc gauche, de l'aisselle au gras de la hanche, il porte sur lui une seringue de calmants dont la dose calmerait un éléphant.

— Pour me tuer ? Et pourquoi donc ? articule le psychiatre, lentement, en calculant le temps qu'il lui faudra pour décapsuler la seringue avec l'ongle du pouce, l'extirper de la poche arrière de son pantalon, ceinturer le forcené et lui plonger l'aiguille dans la cuisse ou ailleurs.

Éric Meyer passe en revue les armes qu'il détient pour parvenir à l'objectif qu'il s'est fixé. Il n'en a aucune. Non, pas d'arme, rien que ses mains. Étrangler quelqu'un, ça doit pouvoir se faire. Mais comment ?

Il bégaie tristement :

— Vous me dé... détestez.

— Je vous… ?

— Quatre-vingt-dix-neuf pour cent des gens me détestent.

— Je vois, répond le médecin en l'observant attentivement, froidement, en marquant un temps d'arrêt sur les ailes du nez. Pourquoi êtes-vous venu ?

Éric lui répond, comme un écho :

— Pourquoi ?

Le visage de Robert Kaplan lui apparaît dans un kaléidoscope. Il voudrait dire quelque chose. Mais quoi ? Il se souvient, brutalement. Le scénario.

— Vous m'avez trahi, vous m'avez dénoncé. Vous êtes un sale kapo !

— Dénoncé ? Auprès de qui ?

Éric fronce les sourcils. Tout est devenu tellement flou. Il hésite un instant :

— « L'infortune du monde », ça vous dit quelque chose ?

— Dans le contexte qui nous préoccupe, non, je ne vois pas.

Éric pointe deux doigts en forme de revolver vers lui.

— Je suis venu pour vous tuer, nous sommes d'accord.

Le psychiatre fait une grimace, bascule la tête de gauche à droite :

— En toute franchise, entre votre intention et mon opinion, il ne me semble pas que nous soyons parvenus à un consensus.

Les bras croisés, Éric trépigne.

— Vous étiez le seul à savoir !

— À savoir quoi ?

Éric lui renvoie une moue agacée. C'est trop tard. Maintenant, l'histoire s'est déplacée ailleurs. Il va falloir la suivre. Les histoires sèment toujours des cailloux sur le chemin. Encore heureux. Là, c'est la Montagne. Là, c'est le Car-Hibou.

Les bras croisés, il récite lentement, en articulant le mieux possible car ce Kaplan n'a pas l'air intelligent :

— *Dans un endroit lointain, et dans des temps très reculés, vivait le Car-Hibou. C'était un drôle de petit animal dont le corps était couvert de plumes couleur de terre et de feuilles d'automne, et la tête coiffée de hautes et larges cornes.*

L'histoire a encore changé de place. Éric ne la voit plus. Dans la cime des arbres, quelque chose accroche son regard : une lumière rose qui clignote. Il ne sent plus l'extrémité de ses doigts.

— Monsieur Meyer, lui dit calmement le psychiatre, vous me paraissez à bout. Suivez-moi. J'aimerais que vous vous fassiez examiner.

— Pour quoi faire ? Vous me haïssez. Vous êtes comme les habitants du Pays Rouge. Tout le monde me hait. Pourtant je ne suis qu'un voyageur, moi !

Il tourne les talons et aperçoit deux vieillards âgés marchant le long de l'avenue, serrés l'un contre l'autre.

— Sortez-moi ces crétins du champ de la caméra ! hurle-t-il.

Le médecin le rattrape par le bras.

— Vous ne pouvez pas rentrer chez vous dans cet état. Venez vous reposer dans le pavillon, le temps que l'effet du psychotrope que vous avez pris ce matin se dissipe. Je crois que vous avez mélangé des substances incompatibles. Est-ce que je me trompe ? Ne me dévisagez pas avec cet air menaçant, je ne suis pas policier, je suis médecin. Acceptez de me suivre, faites-moi confiance.

Éric frappe des pieds sur le sol. Une colère irrépressible l'envahit. Il martèle la poussière de toutes ses forces. Il lui vient l'envie de se pencher vers ses souliers, d'en frotter d'un revers de manche la surface, puis de marcher sur la pointe des pieds. Une impression de saleté le submerge. « Détruire ! » rugit-il soudainement, en se griffant le visage. Le Souffle est là. Au-dessus de lui, quelque part. Il en déchiffre la trace sur ce voile gris déposé sur ses chaussures. Le Souffle a dévoré l'Histoire. La boue. Le torrent de boue. Derrière l'arbre. Qui le guette. Il cogne du poing sur le tronc : « Tu ne m'auras pas ! » La boue gronde, reflue, mais son odeur est sur lui, âcre. Prendre une douche, changer de vêtements. Se débarrasser de tout. Ils sont horribles ces moineaux, et puis ce couple de vieillards affreux. Pourquoi les gens vivent-ils aussi vieux ? Cette société qui accepte n'importe quoi, ça le dégoûte. On devrait les éliminer ces gens, on devrait... Les vieillards s'avancent vers lui. Derrière eux, ils sont des milliers. Des millions. Des décharnés de la terre, des squelettes portant des haillons. La femme lui tend les bras et ouvre les mâchoires en un rictus affreux. Autour des os du cou, il voit le foulard rose. Le sol et la frondaison des arbres sont devenus un seul et même horizon et ses yeux passent de l'un à l'autre avec une rapidité folle. Le Souffle va manger la petite fille. Le paysage est en feu. Il brûle. La chair de son visage grésille. Il ne sent pas la seringue qui s'enfonce dans le gras de sa cuisse, n'entend pas Kaplan qui lui parle.

Le psychiatre saisit son portable.

— Madeleine, une civière et deux infirmiers avenue Deschamps. Immédiatement.

Robert Kaplan tape sur son ordinateur et lit attentivement le rapport du médecin de service en se mordant la lèvre inférieure. Il tend le doigt vers l'interphone, hésite un instant, renonce.

— Martineau, murmure-t-il en contemplant ses mains, longuement : le dos, les plis accumulés autour des articulations, les taches, les ongles taillés net, à ras.

Il caresse l'alliance à l'index de sa main gauche. Il ressent quelque chose comme une tristesse, un relent vague, désagréable. Il ouvre un petit carnet brun et écrit : « *Éric Meyer, mémoire, douleur, culpabilité.* »

Il souligne trois fois le dernier mot, en rouge.

Dès qu'il est entré dans mon cabinet, cet homme a soulevé en moi une indignation, une soif de justice, une envie de l'écraser, comme un cafard. Je l'ai aussitôt catalogué, étiqueté, je lui ai assigné un rôle, une fonction : Böse/le Mal. Trop de choses en commun avec le cas Roger Martineau. Cette même arrogance, cette même apparence de mépris de l'autre. Des yeux comme des sabres. Trente-deux ans depuis Roger Martineau. Relire mes notes à son propos. Penser à la dialectique de l'erreur. Me souvenir de me méfier de ma volonté de trancher dans le vif.

Pourquoi « l'infortune du monde » ?
Me donner le temps de le comprendre.
Réparer ?

Il souligne à nouveau, trois fois, le dernier mot. En rouge.

Elle prend le cube noir dans sa main, l'examine un instant, le repose sur le bureau avec une grimace de dégoût et lève la tête vers le médecin. Un visage oblong, mat, des yeux sombres, mobiles, intelligents, vigilants, encadrés de cheveux châtains raides que caressent des doigts effilés. Un corps souple, mince, une élégance discrète et impérieuse.

— C'est la première fois que je viens ici. Drôle d'endroit.

— C'est vrai que ce lieu ne ressemble pas à un hôpital. Ces arbres, ce parc, ces bâtiments anciens dispersés, cette chapelle... Ce lieu a une longue histoire. Je vous remercie d'être venue, mademoiselle Meyer.

— Madame Lehman.

— Je vous demande pardon ?

— Madame Lehman. Je me suis mariée il y a quelques mois, et je tiens beaucoup à mon nouveau patronyme.

Le docteur Kaplan sourit poliment et désigne le dossier posé sur la table.

— Votre père a été, comme vous le savez, interné ici hier. Il a subi un choc psychique sérieux, probablement à la suite d'épisodes personnels dont nous ne connaissons pas exactement la teneur...

— C'est très simple, docteur, l'interrompt-elle, une maîtresse de mon père a tenté de se suicider, une certaine Stéphanie Pourtin. Son fils a récupéré de son ordinateur toute leur correspondance dans laquelle il s'avère que mon père s'est conduit comme un...

Elle cherche le mot sur le mur de droite, au plafond, sur l'étagère et le découvre tapi sur le sol.

— Salopard.

Le mot est prononcé d'une voix grave et gourmande. Une ombre d'ironie. Une trace de tristesse.

— Et nous l'a envoyée. Ma mère a donc décidé de le quitter. Vous voyez, c'est tout simple. Vous allez le garder combien de temps ?

Le docteur Kaplan tourne un crayon dans ses doigts, un instant désarçonné.

— Votre père est venu me voir, il y a trois jours, pour évoquer la tentative de suicide de cette Stéphanie Pourtin. Il est revenu hier. Il semblerait...

La barrière se ferme : ne jamais dire l'inutile. Il ferme imperceptiblement les yeux. Un instant, elle le croit bègue.

— Quoi qu'il en soit, il s'est comporté de façon délirante et nous avons dû l'hospitaliser. Son comportement, après sa reprise de conscience, nous a paru symptomatique d'une crise assez sérieuse, dont nous ne pourrons avant quelques jours évaluer la gravité. Pour le moment, il est sous sédatifs et inapte à recevoir une quelconque visite. Notre objectif est d'élaborer un protocole médical et psychiatrique qui lui permette d'être sur pied assez rapidement. En tout cas, je l'espère.

— Sous sédatifs ? Mon père ? Mais pourquoi ?

— Parce que c'était nécessaire.

Catherine Lehman inspire profondément et articule en martelant ses mots :

— Résumons-nous. Vous me convoquez pour m'expliquer que mon père est en « garde à vue hospitalière ». Je sais que vous avez contacté ma mère. Elle vous a expliqué la situation et vous a informé qu'elle quittait la France. Vous me dites que mon père est victime d'une crise telle qu'il lui faut des calmants et qu'il doit rester ici. Nous avons donc deux membres d'une même famille injoignables. Les deux principaux actionnaires du groupe EM Finances. Mon père est un homme dans l'ensemble assez nerveux, mais il n'est ni fou ni déséquilibré. Il n'a aucun antécédent psychiatrique. Par contre, c'est un homme puissant et qui a beaucoup d'ennemis. Qui vous paie ?

Le psychiatre écarquille les yeux :

— Je vous demande pardon ?

— Ne me prenez pas pour une idiote. J'ai appelé l'avocat du groupe avant de venir. Il me...

— Quelle famille ! s'exclame le médecin en l'interrompant d'un geste autoritaire.

Il presse sur une touche de son téléphone.

— Madeleine, demande au docteur Rince de venir dans mon bureau, immédiatement, avec le dossier de M. Éric Meyer. Quant à vous, madame Lehman, ajoute-t-il en se levant, en attendant notre médecin de service, lisez cette brochure administrative et épargnez-moi vos commentaires. S'il vous reste du temps, employez-le à réfléchir avec un peu de recul. Je vous laisse un instant.

Quelques minutes plus tard, une jeune femme blonde essoufflée entre en trombe dans le bureau, suivie du psychiatre, calme et souriant.

— Docteur Rince, je vous présente la fille de M. Éric Meyer. Voulez-vous, s'il vous plaît, nous donner votre point de vue sur l'état de santé de ce patient.

La jeune femme ouvre le dossier.

— M. Éric Meyer est, à quelques nuances près, dans un état physique stable. Pas d'inquiétude à se faire dans l'immédiat. De l'hypertension, un état cardio-vasculaire à surveiller. Il est arrivé ici dans un état délirant. Nous avons fait des analyses...

Un instant d'hésitation. Elle interroge du regard le psychiatre qui confirme du menton.

— ... des analyses, donc, qui dévoilent des traces de stupéfiants à un degré particulièrement élevé et qui laissent supposer un état d'accoutumance. Nous avons tout lieu de croire, étant donné les lésions que présentent les cloisons nasales, qu'il s'agit de cocaïne en poudre. Le taux d'alcoolémie est important. Enfin, nous trouvons des traces de benzodiazépine, un type classique d'anxiolytique. Il a une petite bombe chimique dans le sang dont les conséquences sur son rythme cardiaque, entre autres, sont particulièrement dangereuses. Il est actuellement sous sédatifs.

— Pourquoi des sédatifs ? demande Catherine.

— Parce qu'il faut quarante-huit heures à l'organisme pour résorber ces substances et, par ailleurs, il est clairement en état de choc. Il a besoin de se reposer.

— Il peut parfaitement rester au calme chez lui.

Le docteur Rince jette un regard navré vers la jeune femme.

— Malheureusement pas avec ce qu'il a dans le sang. Dans vingt-quatre heures, nous y verrons plus clair, mais, pour le moment, votre père ne sait plus trop ce qu'il fait.

— Vous pouvez préciser ? demande le psychiatre.

— En se réveillant, il a pris sa taie d'oreiller et il a tenté de s'étouffer avec. Ensuite, il a déféqué...

— Merci, docteur Rince, ce détail relève de son intimité.

La porte refermée, le psychiatre examine silencieusement son interlocutrice. Elle pince les lèvres.

— Je vous prie de m'excuser. Notre avocat m'a décrit une stratégie possible et plausible contre EM Finances. Il m'a engagée à vous confronter. En bas, j'ai croisé des gens en pyjama bleu. Ils avaient l'air de bagnards hagards, lamentables, perdus. Je les ai vus dans une salle sordide, une sorte de pièce commune : deux vieillards affalés sur un divan, une tarée obèse qui fait les cent pas et crie des insultes, une gamine qui a l'air de sortir d'une tranchée, un homme complètement détruit allongé sur le sol qui faisait des grimaces. Mon père n'est pas fou. C'est impossible. Il a été choqué par deux événements successifs, nous sommes sur ce point d'accord. Il lui faut quelques médicaments pour le calmer, pour l'aider à surmonter cette phase, je comprends. Mais il n'a rien à voir avec ces loques ! Rien ! Je ne peux pas croire qu'il soit obligé de rester ici.

— Madame Lehman, je suis au regret de vous dire que, quelles que soient l'importance du rôle professionnel et social de votre père, sa fortune, son influence, il n'en reste pas moins un être humain vulnérable. Votre réaction est parfaitement normale. Sachez que notre objectif est que nos patients sortent d'ici le plus rapidement possible. Vous avez entendu le bilan du docteur Rince : c'est un premier constat. Il est envisageable que cette crise subie par votre père ne soit qu'un léger syndrome dépressif dont l'ampleur a été décuplée par tous les psychotropes et autres produits toxiques qu'il a ingurgités. C'est possible, mais il est tout aussi possible que sa façon de chercher à se détruire – il n'y a pas d'autre terme – vienne d'un problème plus profond. Quoi qu'il en soit, il est clair qu'à son âge, s'il persiste dans ses habitudes actuelles, s'il ne se soigne pas, votre père risque...

— La mort ?

— Personne ne peut résister à long terme au régime qu'il s'inflige pour une raison qu'il nous faut essayer de comprendre afin d'éviter un nouvel accident.

Catherine lui jette un regard angoissé.

— Il ne va pas supporter cet endroit. La jeune fille en bas, elle m'a regardée avec des yeux de plomb, comme un robot. C'était horrible !

— Rachida, confirme en soupirant le psychiatre. Essayez d'admettre que ces gens, ces « loques », comme vous dites, ne sont pas des crétins qui méritent ce qui leur arrive. Certains ont des pathologies lourdes, la plupart ont été choqués par la vie. Nous avons des SDF, des intellectuels brillants, des petits commerçants, des étudiants, des retraités et la liste n'est pas close. Ce sont tous des êtres humains, comme votre père.

— Ça ne vous effraie pas de vous occuper d'un homme comme lui ? Vous êtes conscient de ce qu'il représente sur le plan financier ?

— Je vous rappelle que je n'ai pas souhaité cette responsabilité. C'est votre père qui a pris la décision de venir ici. Consciemment ou pas. En ce qui concerne Sainte-Ursule, c'est un patient comme un autre. Si je constate la moindre pression, je ne lutterai pas : votre père sera libéré dans la seconde où vous aurez signé une décharge. Vous irez le faire soigner ailleurs. Quant à ma relation de médecin à patient, elle ne prendra ni de près ni de loin en compte le pouvoir professionnel, ou autre, de votre père. Si vous imaginez qu'un homme comme lui peut me faire trembler, vous vous faites des illusions.

Kaplan marque un temps d'arrêt, sous le regard médusé de la jeune femme.

— Avançons un peu si vous le voulez bien. Vous êtes proche de votre père ?

Un pli amer se dessine aux coins des lèvres de son interlocutrice.

— Proche ? Il y a bien longtemps que mon père ne m'a plus montré le moindre signe d'intérêt. C'est un homme très dur. J'ai d'ailleurs du mal à imaginer qu'il puisse avoir été perturbé par la tentative de suicide d'une femme ou par le départ de ma mère.

— Pouvez-vous m'en dire un peu plus ?

— Qu'est-ce qui vous serait utile ?

— C'est l'humain qui est utile, l'humain. Les relations affectives. Vous, par exemple. Est-ce que vous aimez votre père ?

Elle le toise, froidement.

— Qu'est-ce que c'est que cet interrogatoire ? Si j'aime mon père ? Vous voulez savoir si je suis une bonne fille avec de jolis petits sentiments filiaux, c'est ça ?

— Je suis là pour comprendre un peu mieux l'entourage de mon patient. Considérez-vous que vous avez un lien affectif avec votre père ?

— Comment s'est-il comporté avec vous ? Cynique, odieux, brutal, pire ?

Un instant, l'image d'Éric Meyer se redressant dans la lumière du matin lui apparaît : « Je suis venu pour vous tuer. »

Le médecin fait un geste vague :

— Le comportement d'un homme en crise n'est pas forcément révélateur d'une personnalité.

— Vous avez dû vous faire une opinion.

— J'ai pour habitude de remettre mes premières impressions en question.

— Docteur Kaplan, je vais vous dire les choses crûment : mon père s'est comporté comme un salaud à l'égard de beaucoup de gens. Vous n'avez pas idée de ce qu'il est capable de dire ou de faire. Vous voulez un exemple ?

Catherine Lehman réfléchit une seconde avant de poursuivre :

— Il y a quelques années, il avait organisé une fête pour son vingtième anniversaire de mariage ; un luxe incroyable : célébrités, orchestre, piste de danse, champagne... Il avait bu, beaucoup trop bu, et parlait à son associé, John, son âme noire, un type horrible. Il lui disait : « Tu sais combien j'en ai invité ? Sept ! Sept femmes avec qui j'ai couché qui sont là ce soir. Allez, vas-y, trouve, et si tu devines de qui il s'agit, je te cède mes actions Alstom au cours de ce matin. » Et moi, j'étais juste derrière lui. J'avais dix-neuf ans.

L'expression attentive du psychiatre l'engage à poursuivre.

— Mon père est une tornade d'efficacité, déconnectée des autres. Il agit comme une mécanique. Tout est sujet de critique, de mépris, d'ironie. Il n'a aucun ami. La seule personne fidèle était son amie d'enfance, de cœur : Clémence, une femme très drôle, d'une culture exceptionnelle, éditrice. Personne ne pouvait comme elle dire ses quatre vérités à mon père en le faisant rire. Elle l'aimait énormément. Ils se parlaient tous les jours, partageaient tout : les vacances, les livres, la voile. Clémence était son copain de régiment, sa mère, sa sœur. Vous voyez ce que je veux dire ?

Kaplan opine, concentré.

— Il y a une dizaine d'années, elle est venue déjeuner chez nous accompagnée d'un auteur, une relation très importante pour elle. À l'époque, son mari était atteint d'une leucémie, elle n'arrivait plus à travailler et accumulait les dettes. Tout le monde le savait.

Le médecin écoute le récit de Catherine Lehman, comme on regarde un film. Les images défilent.

Le couvert est dressé dans le jardin, à l'ombre d'un tilleul. Les groupes, une vingtaine de personnes en tout, se forment, se déforment. L'humeur est aux rires, aux jeux de mots. Il fait chaud, le champagne rafraîchit les doigts et les gosiers. Les convives prennent place autour de la table. Un homme âgé, le seul nouveau venu, mais dont tout un chacun connaît la réputation d'écrivain à succès, lève son verre vers l'hôte : « À vous, monsieur Meyer, à cette splendide demeure et à cette belle journée qui me rappellent les dimanches de ma jeunesse. » Comme une brise douce et légère, un vent d'enfance souffle sur la fête ; chacun évoque un père, un jeu, une tradition familiale, un jardin, des vacances, quelque chose de gai qui vient à l'esprit. Éric Meyer, visage fermé, se tait. « Et toi, Clémence ? » demande quelqu'un. Un mince sourire sur les lèvres, Clémence Marchand croise les mains au-dessus de son assiette : « Nous étions six enfants. Nous avions trois rites dominicaux. Le premier était le poulet rôti. Le deuxième était la leçon de musique que mon père donnait à notre mainate et le troisième, sa déclaration d'amour hebdomadaire à ma mère. Tous les dimanches, mon père, devant tous, enlaçait son épouse et lui disait qu'il l'aimait et que son plus grand bonheur était de vivre avec elle et avec nous. »

Un verre se brise sur la table, les têtes se tournent vers Éric Meyer. « Ma pauvre chérie ! Quelle farce ! Tout le monde sait que ta mère est une femme sans intérêt ni envergure et que ton père ne l'aurait pas supportée aussi longtemps s'il n'avait pas connu un tas de petites bonnes femmes. »

Le psychiatre se redresse, surpris.

— Cette remarque avait-elle le moindre fondement ?

— Aucun. C'était méchant et gratuit. Les parents de Clémence s'adoraient vraiment. Dans les yeux de mon père, j'ai vu de la haine. De la haine ! J'avais tellement honte que je n'osais plus regarder son amie dans les yeux. Après le déjeuner, j'ai entendu Clémence sangloter dans la salle de bains. Mon père est passé devant la porte, s'est arrêté une seconde et a murmuré : « Les femmes sont stupides. » Sa plus grande amie pleurait par sa faute et lui...

— ... se tenait à distance de cette douleur ?

— Docteur Kaplan, c'est une façon élégante de dire les choses. Il n'a jamais revu Clémence.

— Pensez-vous que, tel quel, ce portrait des parents de Clémence puisse ressembler à celui des parents de votre père ?

— Des parents de mon père ? Non, je ne pense pas, dit-elle en jetant sur lui un bref coup d'œil.

— Est-ce que votre père aurait pu dire cela à propos de son couple ?

— Il aurait pu le penser, mais jamais il n'aurait dit cela. Mon père a toujours pratiqué la politique du silence. Tout ce que je sais de lui, je le sais par ma mère ou par hasard.

— Mais il aurait pu le penser...

— Oui. Mon père est certainement un homme qui a connu « un tas de petites bonnes femmes » et il n'a jamais donné à ma mère l'opportunité d'être autre chose à ses yeux qu'une femme sans intérêt.

— Vos parents s'entendaient bien ?

— Je n'ai jamais été témoin d'une scène ou d'un conflit clairement énoncé. Ma mère est une femme réellement généreuse, joyeuse, tolérante, intelligente. C'est une mère formidable. Nous sommes très proches. Je pense qu'elle a toujours admiré mon père, mais qu'elle s'est dissociée de lui très tôt. Mes parents, c'était une équipe, pas un couple.

— Je vois. Je souhaiterais que nous évoquions la mémoire ancienne de votre père. Que pouvez-vous me dire de sa mère ?

— ...

— Vous m'écoutez ?

— Pardon ?

— Je vous parlais de votre grand-mère, la mère de votre père. Je vous demandais ce que vous saviez d'elle.

Elle caresse distraitement la boîte noire.

— Rien. Ma grand-mère est morte juste après la naissance de mon père. Mes arrière-grands-parents ont disparu pendant la guerre. Un bombardement. Elle-même avait été adoptée.

— Savez-vous où votre grand-mère est enterrée ?

— Non. Pourquoi cette question ?

Catherine fait un geste rapide vers son sac tandis que le docteur Kaplan l'examine les yeux plissés et griffonne rapidement sur son cahier.

— Et votre grand-père ?

— J'ai dû le voir une dizaine de fois. J'avais trois ans lorsqu'il est mort.

— Avez-vous connu la maison d'enfance de votre père ?

— De l'extérieur seulement. Je suis allée à Besançon, sa ville natale, il y a quatre ans. J'avais retrouvé l'adresse de la maison de mon grand-père dans de vieux papiers ; je suis allée la voir. C'était une petite maison dans une impasse sombre. Un endroit triste. C'est tout ce que je peux vous en taire.

Elle baisse les yeux sans prendre garde au changement d'expression sur le visage du médecin, qui écrit trois mots : « *taire/lapsus/grands-parents.* »

— Est-ce que quelque chose dans vos souvenirs pourrait nous orienter vers la perception que votre père aurait pu avoir de son enfance ?

— La seule chose que racontait mon père du sien était leurs parties de chasse. En famille, nous parlions surtout des parents de ma mère que j'ai très bien connus. Elle a sept frères et sœurs qui ont tous entre trois et cinq enfants. Des lapins catholiques, comme dit mon père. Face à eux, il est isolé, respecté pour son argent et ses relations, mais pas dans le moule. Un parvenu, un de ces hommes sur le corps desquels les habits semblent toujours trop neufs.

Kaplan regarde discrètement sa montre, hésite un instant et referme le dossier.

— Le contexte se précise un peu. Vous ne me donnez pas l'impression d'aimer beaucoup votre père.

— Vous avez l'habitude de remettre vos premières impressions en question, n'est-ce pas ? répond-elle sèchement. Je ne l'ai pas vu depuis quatre ans. J'ai presque envie de vous dire que la façon dont je parle de lui n'a rien à voir avec moi.

— Bien, bien, commente le psychiatre en tapotant la chemise avant de se diriger vers la porte en se balançant d'une jambe sur l'autre, comme s'il voulait gagner du temps.

« Quand tu marches comme ça, c'est que tu patines », lui dit son épouse. La pelote est restée enchevêtrée. Il n'a pas trouvé l'extrémité du fil.

— Qu'est-ce qu'il a fait, Papa, pendant son délire ?

Le cerveau de Kaplan se met en brasse arrière. « Je suis venu pour vous tuer », « Vous me détestez », « L'infortune du monde », « Dans des temps très reculés »...

— Rien de très particulier. Il a cité un poème, je crois, et il a commencé à raconter un genre de conte qui commençait par « il y a très longtemps » ou quelque chose d'approchant. La sortie est juste sur votre droite. Vous appuyez sur l'interphone et vous donnez votre nom. Vous n'oublierez pas d'apporter la carte Vitale de votre père et les autres documents à ma secrétaire.

Les deux mains se détachent, les regards se détournent. Chacun est déjà dans l'après. Pas tout à fait pourtant. Elle se retourne et demande :

— Un conte ? Est-ce qu'il a prononcé le mot : Car-Hibou ?

Elle semble mettre tant d'espoir dans cette question.

— Oui. Un drôle de petit animal avec une tête d'oiseau et un corps de cervidé.

Il y a des sourires qui décrochent les étoiles.

— C'est l'inverse, mais c'est sans importance, docteur, sans importance. Le Car-Hibou est le personnage d'un conte que mon père me racontait quand j'étais enfant. C'est lui qui l'avait inventé.

Elle est assise sur le bord du lit, les genoux serrés, et repasse du plat de la main les plis de sa jupe.

— La prostitution, ça fait mal. C'est très grave. Après, plus personne ne vous veut comme ami.

Il cale ses mains sous sa nuque en pensant au tableau *Noli me tangere*. Marie-Madeleine est si belle, elle n'a pas l'air de souffrir et l'homme la contemple tendrement.

— Ça ne veut rien dire, Jésus aime tout le monde.

Elle tourne la tête vers lui, ses yeux sont comme des billes de verre. Elle trace de l'extrémité de l'index des signes sur l'avant-bras d'Éric. Les chiffres entaillent la chair.

— Tu es méchante.

La porte s'ouvre, une infirmière aux joues rouges et aux cheveux blonds frisés pénètre dans la pièce. Ni matrone ni jeune fille ; une maturité riante.

Éric la regarde, les yeux embués de larmes, en lui montrant son bras.

— Elle m'a fait mal.

— Qui ça ? demande gentiment l'infirmière.

— Elle.

D'un geste, il désigne le vide et cherche désespérément autour de lui.

— Elle part tout le temps, soupire-t-il tristement.

— Il ne faut pas être triste, elle reviendra. C'est une femme que vous aimez ?

— Ce n'est pas une femme, c'est Clémence.

— Et qu'est-ce qu'elle vous a fait ?

— Elle m'a mis les chiffres, là. Mais moi, je ne veux pas, crie-t-il soudainement, je ne veux pas !

— Vous verrez que demain, vous n'y penserez même plus. Vous allez déjà beaucoup mieux, monsieur Meyer. Vous allez vous reposer. Donnez-moi votre bras. Ça ne fait pas mal, n'ayez pas peur.

Il cherche à tâtons son portable sur la table de chevet. Pour commencer une journée, Éric Meyer ne connaît pas d'autre geste. Savoir d'abord, se doucher ensuite. La surface est lisse, curieusement lisse, il ne sent pas les veines du bois. Il cherche le pied de la lampe en bronze, le réveil, son portefeuille. Il s'éveille brusquement.

— Où suis-je ?

La pièce est minuscule, blanche. Devant lui, il voit une sorte d'armoire étroite en Formica, sur la gauche, une fenêtre grillagée laisse entrevoir des pans d'azur.

— Où suis-je ? répète-t-il.

Il voudrait crier, mais la salive accumulée dans le fond de sa gorge l'en empêche.

Il se redresse sur les coudes, sa tête pèse trop lourd et retombe sur l'oreiller. J'ai été kidnappé, c'est ça, j'ai été kidnappé. Il bascule lentement sur le côté et remarque l'ossature d'acier du lit. Un hôpital, j'ai dû avoir un accident. Il bouge une jambe, puis la seconde, fait jouer les articulations de ses doigts, remonte les mains vers ses tempes, tâte la boîte crânienne. Je n'ai rien. C'est déjà ça. Le front barré d'une ride profonde, il réfléchit. La dernière image. « Je te quitte, Éric. »

Il gémit comme un chien. Mais qu'est-ce qui m'est arrivé ? Qu'est-ce qui m'est arrivé ? Un grattement à la porte, une femme en blouse blanche avec une figure de Normande entre en portant un plateau. Il l'a déjà vue quelque part. Mais où ?

— Je vois que nous sommes réveillés. Comment nous sentons-nous ?

— Je suis à l'hôpital ?

— À Sainte-Ursule. Vous ne vous souvenez de rien ?

— Je suis chez les fous ? s'étrangle-t-il.

L'infirmière est habituée à ce genre de terreur.

— Vous êtes en observation psychiatrique. Vous avez eu un petit problème, explique-t-elle placidement.

Il aura été drogué. Un complot.

— Je veux parler à mon avocat, tout de suite.

« Tous les mêmes, pense-t-elle. Quand ce n'est pas leur avocat, c'est la police ou le ministère. Il va me dire qu'à moins qu'il ne soit libéré dans l'heure, je vais être réduite au chômage. »

— Je vous préviens que je suis un ami personnel du président de la République. Vous allez me chercher le directeur, tout de suite. Il peut compter ses points de retraite parce qu'il n'en aura pas d'autres.

— Vous voulez un peu de sucre dans votre thé ?

— Je ne bois jamais de thé. Allez me chercher le directeur.

Elle lui sourit gentiment.

— Monsieur Meyer, écoutez-moi. Vous avez été interné...

— Interné ? suffoque-t-il.

— Hospitalisé hier. Vous êtes ici pour être soigné.

La figure du patient se contracte.

— Hier ? C'est impossible. C'est une manipulation, je suis un homme puissant, très puissant. Vous ne savez pas à qui vous parlez.

« Pas la moindre idée, mon petit bonhomme », se dit-elle.

— Mais si, répond-elle le plus sérieusement du monde, vous êtes un homme très important. C'est la raison pour laquelle nous allons prendre soin de vous pour que vous sortiez le plus vite possible. Vous êtes ici depuis vingt-quatre heures. Il faut essayer de vous lever et de reprendre un rythme.

— Je ne me souviens de rien. Qu'est-ce que j'ai fait ?

— Rien de grave, rassurez-vous.

— Je suis devenu fou, balbutie-t-il, la tête penchée vers le sol. Fou. Ce n'est pas possible.

Il accroche la manche de l'infirmière.

— Pourquoi suis-je ici ? Dites-moi la vérité.

Elle s'assied sur le lit en lui tapotant la main. Édith Boisron a le métier compassionnel et généreux. Un peu trop parfois, lui dit Kapioche. Elle lave, borde, embrasse, nourrit, engueule les patients comme les enfants qu'elle n'a pas eus. Les anciens, ceux dont la vie est un boomerang infini qui les ramène à Sainte-Ursule, l'appellent Édith. « Édith, dites… », rigole chaque matin l'Énarque.

— Il ne faut pas vous inquiéter. Ce n'est probablement qu'un petit empoisonnement. Vous avez avalé de drôles de choses. Vous ne vous souvenez pas ?

Il se souvient de la bouteille de whisky et de la boîte en buis.

— Je ne suis pas fou alors ?

— Mais non. Juste un petit peu malade. Vous allez descendre pour le déjeuner.

Quelques dizaines de minutes plus tard, Éric entre avec elle dans la salle à manger. Elle lui désigne le self, lui explique patiemment l'organisation et s'éloigne en disant :

— Vous verrez, tout se passera bien.

Chaque table est occupée par une ou deux personnes, en pyjama bleu, comme lui. Parmi elles, quelques visiteurs en civil. « En civil, songe-t-il, voilà que je parle comme un prisonnier. Pourquoi suis-je vraiment ici ? Pourquoi si seul ? Isabelle a dû leur dire que j'étais un cinglé, bon à enfermer. Elle n'aurait pas fait cela. Pourtant, ce serait facile et une bonne solution pour elle ; elle graisse une patte et son époux se retrouve enfermé. Non, ce serait ignoble. Catherine l'en empêcherait. Mais Catherine, elle s'en fout maintenant. C'est effrayant ce que ces gens peuvent être laids... L'énorme Noir à l'entrée qui explose dans sa blouse blanche et qui nous guette, prêt à assommer le premier qui bouge. C'est terrifiant. Il faut que je sorte de là. »

À sa gauche, un homme âgé mange en silence, le dos courbé, penché sur son assiette. Éric voit ses lèvres remuer et sa tête dodeliner doucement. « Je me demande où il se croit, ce pauvre hère, se dit-il. Il est peut-être là depuis vingt ans et, à force, il s'est fabriqué un petit pays dans sa tête. Ça doit être la seule solution, ici : se fabriquer un petit pays dans sa tête et après on est foutu. Foutu ! »

Une ombre passe au-dessus de lui. Un homme corpulent, la trentaine, portant un plateau-repas, s'adresse à son voisin sur un ton sec.

— Je peux m'asseoir ?

Le vieil homme ne répond pas et poursuit son monologue silencieux. Tout va très vite. Une injure fuse dans l'air : « Connard ! », un bruit de plateau qui s'abat et de vaisselle brisée. Le vieillard porte les mains à son visage maculé de soupe bouillante en gémissant. Un coup de sifflet. L'infirmier plonge sur l'agresseur et le plaque au sol. Deux autres infirmiers franchissent la porte en courant. L'un maîtrise les jambes de l'homme vociférant des injures, tandis que l'autre plonge une seringue dans le bas de son dos. Quelques secondes plus tard, un corps inanimé est évacué de la salle sous le regard médusé d'Éric.

— Je ne vois plus rien, gémit son voisin.

— Il en a jusque dans les cheveux ! pense Éric, paralysé, au bord de la nausée.

Une infirmière s'avance tranquillement, une serviette à la main.

— Je suis là, monsieur Martin. C'est moi, Amélie. Je vais m'occuper de vous. N'ayez pas peur, il est parti. Il ne reviendra pas. Vous allez venir avec moi, je vais vous aider à nettoyer tout ça et vous donner un pyjama bien propre. Ça va aller, monsieur Martin ? Prenez mon bras. Voilà, c'est bien. Vous tremblez, vous avez eu peur, c'est normal, mais c'est fini. Il ne vous arrivera rien. Vous allez me réciter un poème. Allez, venez maintenant.

Ils s'éloignent. Un homme de service ramasse les débris.

— Ça aurait pu m'arriver à moi, s'affole Éric en scrutant les patients autour de lui.

Ils sont une quinzaine d'hommes et de femmes entre vingt et quatre-vingts ans. Tous, lui semble-t-il, ont ce regard hébété d'êtres humains perdus dans un champ de ruines. « Il faut que je sorte d'ici, le plus vite possible. Mais comment ? Ils ne m'ont rien laissé, rien ! Si par miracle j'arrivais à franchir la porte de sortie, ils me rattraperaient en moins de deux. »

Il n'a plus faim, sort de la pièce, les jambes flageolantes, et monte pesamment les marches qui conduisent à l'étage des chambres. Il a mal sans pouvoir dire où, la fatigue le submerge. Il pense brièvement à une femme, à son cri avant qu'il ne la quitte : « Mais ne vois-tu pas que ce que tu me dis me tue ? » Un écho lointain lui envoie le rire d'une petite fille.

Qu'est-ce que j'ai ? Il donnerait n'importe quoi pour qu'une main amie se pose sur la sienne, pour la chaleur d'un sourire. Une voix aigre lui siffle : « La chaleur d'une amitié ? Pauvre idiot ! Tu n'as plus d'amis. »

Une boule dure monte dans sa gorge. Il s'arrête, s'assied sur une marche. C'est là, quelque part en lui. Il se répète : « Je ne souffre pas. » Il pressent la faiblesse du barrage. Ça roule, se propage, explose dans ses entrailles. Ce n'est pas de la peur, c'est l'au-delà de l'angoisse, une douleur sans nom qui secoue son corps comme un fétu de paille, projette son âme contre des rochers aigus, déboule dans son crâne comme une cataracte. « Ça va aller mieux, je ne suis pas fou », se dit-il, tandis que les muscles de son visage se contractent.

Il lutte sans savoir contre quoi. Le premier spasme le terrasse de surprise et de honte, sa poitrine se soulève, gonflée par un flot dont il ne veut pas. La tête dans les mains, Éric Meyer sanglote comme un enfant.

Note de service de l'infirmière Édith Boisron, pavillon B, au docteur Kaplan :

Le réveil de M. Meyer s'est correctement déroulé. Je l'ai accompagné à la salle à manger. Il a mal supporté l'incident impliquant M. Jourra et a tenté de regagner sa chambre.

L'équipe de sécurité a signalé sa présence à 14 h 10 dans l'escalier, seul. Je suis intervenue. Le patient présentait des symptômes de dépression intense : sanglots convulsifs, tremblements. Je l'ai rassuré, engagé à regagner sa chambre. Il semblait docile, réceptif à mes encouragements. Après quelques minutes, il a montré des signes d'énervement dégénérant en violence verbale. Ses menaces se précisant et son comportement montrant une perte totale de contrôle, accompagnée de hurlements répétés et de coups donnés contre les murs, j'ai fait appel aux infirmiers de service. Suivant mes instructions, une dose de calmants lui a été injectée. Le docteur Rince est intervenue pour vérifier l'état général du patient. Son rapport suivra. Au cours de sa crise, M. Meyer a répété à plusieurs reprises : « Vous n'avez pas le droit de m'enfermer. Je ne l'ai pas tuée ! »

De : Catherine Lehman
À : Robert Kaplan

Je viendrai en début d'après-midi pour vous apporter les documents administratifs. Pensez-vous qu'il soit possible à un homme de tomber malade parce qu'il vit dans le mensonge ?
Cordialement, CL

De : Robert Kaplan
À : Catherine Lehman

Croyez-vous qu'il soit possible de vivre dans le mensonge ?
Cordialement, Robert Kaplan

De : Catherine Lehman
À : Robert Kaplan

Je ne sais pas. Est-ce que la vérité guérit ?
CL

De : Robert Kaplan
À : Catherine Lehman

Est-ce que le mensonge guérit ?
Robert Kaplan

De : Catherine Lehman
À : Robert Kaplan

Mon père nous a caché la vérité sur sa mère. Il prétend qù'elle est décédée à sa naissance, or elle est morte quand il avait douze ans. Je l'ai appris il y a quatre ans en allant à Besançon. Le bavardage d'un cafetier. J'ai vu sa tombe. Elle est décédée le 27 juin 1965.
CL

De : Robert Kaplan
À : Catherine Lehman

Bien noté.

Ils sont quatre en face de lui. Le docteur Kaplan au centre, une jeune femme blonde à sa gauche, l'infirmière, souriante, les joues en feu, et un homme replet, d'aspect bourru, à sa droite. Le psychiatre examine le patient avec attention.

— Monsieur Meyer, bonjour. Asseyez-vous. J'ai l'impression que vous allez mieux. Vous avez l'air reposé. Vous reconnaissez mademoiselle Rince, notre médecin généraliste, et mademoiselle Boisron, votre infirmière ? La personne qui est à ma gauche est monsieur Édouard Matissien, notre psychologue. Nous sommes là pour vous aider à faire le point. Comment vous sentez-vous ?

— Bien, répond-il en hochant la tête, j'ai dormi. Je crois que ça va. Je voudrais sortir d'ici.

— Ne vous inquiétez pas, vous sortirez.

— Dans combien de temps ? demande Éric Meyer d'un ton agressif.

— Dès que vous irez bien. Si vous y mettez du vôtre, ça peut aller très vite.

— Vous avez prévenu ma famille ?

— Bien entendu.

— Pourquoi ne sont-ils pas venus me voir ?

— Votre épouse est absente. Je me suis entretenu avec votre fille Catherine. Elle n'a pas été autorisée à vous rendre visite jusqu'à présent. Vous aviez besoin d'un repos sérieux.

Éric examine rapidement son pyjama et fronce les sourcils.

— Vous n'avez pas le droit de m'obliger à rester ici. Vous ne savez pas qui je suis. J'ai dix avocats à ma disposition, jour et nuit. Je suis un homme puissant, vous entendez ? Puissant ! Où sont mes affaires ? Où ? Et mon portable ? L'infirmière a refusé de me donner un jeton pour le téléphone. Qu'est-ce que c'est que cette prison ? Que signifie cette réunion ? C'est un tribunal ? Je vais être jugé, c'est ça ? Les blouses blanches d'un côté, le bagnard de l'autre ?

— Monsieur Meyer, répond tranquillement le psychiatre, vous savez que nous sommes là pour vous, afin que vous vous remettiez d'aplomb le plus vite possible. Le docteur Rince va vous présenter son bilan et le professeur Matissien va vous poser quelques questions. Docteur Rince, nous vous écoutons.

La jeune femme chausse ses lunettes et ouvre un dossier.

— Monsieur Meyer, vous êtes venu à Sainte-Ursule hier matin dans un état délirant. Vous aviez absorbé des doses considérables d'alcool, de cocaïne et d'anxiolytiques. Le motif de votre hospitalisation est : « *crise de démence* ». Le docteur Kaplan n'a pas souhaité enregistrer dans votre dossier les circonstances exactes de votre arrivée ici. Vous pouvez considérer que vous avez beaucoup de chance.

Un temps de silence. Éric la fixe, l'œil éteint.

— Nous avons procédé à différents examens : analyse d'urine et sanguine, bilan cardiaque, examen général. Vous êtes globalement en bonne santé. Vous avez de l'hypertension et vos analyses sanguines révèlent un taux de cholestérol assez élevé, mais dans des proportions qui restent acceptables. Vous avez un taux de globules blancs particulièrement important. Vous fumez ?

— Ça vous concerne ?

— Non, c'est vous que ça concerne. Vous essaierez d'arrêter plus tard. Les analyses montrent également la présence de résidus chimiques et alcoolémiques. À quel rythme absorbez-vous des stupéfiants ? Quotidiennement ? demande-t-elle avec un sourire froid.

— Vous êtes flic ?

— Ni flic, ni gardienne de prison. Et c'est heureux pour vous, répond-elle sur un ton glacé. Je suis là pour vous aider. Vous prenez de la cocaïne en poudre, que vous inhalez à raison de quelques grammes par prise. Vous la sniffez. Vous avez des lésions au niveau des cloisons nasales. Vous risquez gros de ce côté. Quant à votre hypertension, elle vient de là. Je voudrais savoir depuis combien de temps vous consommez ces stupéfiants de cette façon, mais j'imagine que vous n'allez pas me répondre.

— À quoi vous servirait la réponse ?

— À établir dans quelle mesure l'état dans lequel vous êtes entré ici est lié à cette habitude.

— J'en prends depuis trente ans approximativement.

— Vous êtes solide. Vous pensez-vous dépendant de cette drogue ?

— Non. Je n'en prends pratiquement pas pendant les vacances.

— Donc, c'est quelque chose que vous consommez pour améliorer vos performances professionnelles ?

— Oui, ça me dope le matin et ça me permet de réfléchir vite.

— Si vous n'en prenez pas, comment vous sentez-vous ?

— J'ai des angoisses et je suis irritable pendant vingt-quatre ou quarante-huit heures.

— Pensez-vous que cette drogue a modifié au fil des années votre comportement ?

— Non.

— Toutes les études démontrent que ces psychotropes ont des effets pervers qui modifient l'individualité et réduisent le champ de sensibilité dans des proportions importantes. Si l'on vous disait que cette drogue est en train de vous tuer à petit feu, auriez-vous le courage d'y renoncer ?

— Je pense que oui, murmure-t-il, ébranlé.

— Il le faudra. Si vous constatez des troubles de la vue ou autres, il sera nécessaire de procéder à une IRM de votre cerveau. Pour être claire, cette drogue que vous absorbez modifie gravement vos fonctions cérébrales. Elle vous pousse à l'efficacité intellectuelle et motive votre envie d'être présent au monde. Malheureusement, au passage, la capacité émotionnelle et l'intelligence analytique sont diminuées. Cela signifie que, sous l'effet de ces stupéfiants, vous pouvez avoir des réflexes ou faire des déclarations souvent très durs et agressifs et complètement décalés. Vous reconnaissez-vous dans ce portrait ?

— ...

— Un autre effet classique de ce genre de drogue est, à moyen terme, l'impuissance sexuelle. Au début, ce n'est pas le cas, au contraire. La drogue agit comme un stimulant d'une efficacité extraordinaire, en apparence. Elle pousse l'individu à assouvir des fantasmes atypiques en levant certaines inhibitions. Elle pousse même vers une certaine obsession du sexe... de n'importe quel sexe, mais au bout de quelques années, c'est l'inverse qui se produit. L'éjaculation devient difficile, voire impossible, le moindre contact tactile est déplaisant. L'irritabilité, les pulsions de violence, le sentiment de culpabilité, l'angoisse, la sensation de vide, l'épuisement prédominent. Et ces sensations poussent l'individu à vouloir consommer plus et encore plus, tout en se répétant qu'il n'est pas dépendant. Vous comprenez ce que je vous dis ? Ça vous semble familier ?

— ...

— À quand remontent vos derniers rapports sexuels satisfaisants ?

— ...

Elle lève des yeux tranquilles vers lui.

— Vous buvez ?

— Parfois.

Elle ferme le dossier.

— Vous travaillez à quel rythme ? Huit, dix heures par jour ?

Il ricane.

— Vous me prenez pour un fonctionnaire ! Je travaille en moyenne quatorze heures par jour.

— Pourriez-vous imaginer de changer ce rythme ?

— Si c'est nécessaire.

— Ce sera nécessaire. Vous avez cinquante-six ans. Dans l'immédiat, vous avez besoin d'un minimum de deux mois de repos et d'un régime alimentaire strict. Aucun excitant. Pas de tabac, pas d'alcool, pas de cocaïne. Par la suite, malheureusement, il faudra que vous acceptiez votre âge. Vous ne pourrez pas reprendre votre rythme passé. Cette vie-là est derrière vous. Vous êtes en bonne santé, mais pas suffisamment pour continuer à vivre comme vous l'avez fait jusqu'à présent. Écoutez-moi bien, si vous ne vous pensez pas capable, seul, de renoncer à la cocaïne, il est impératif que vous songiez à un accompagnement. À moins que vous ne souhaitiez passer votre retraite avec nous. Je n'ai pas d'autres commentaires, conclut-elle sèchement en tournant la tête vers le docteur Kaplan.

Le psychiatre se tourne vers son confrère.

— Monsieur Matissien, des questions ?

Le psychologue se lève tranquillement et serre longuement la main du patient.

— Monsieur Meyer, bonjour. Bien, bien, bien. À nous deux ! Enfin, à nous cinq ! ajoute-t-il, amusé. Pourquoi cinq ? Parce que notre direction nous l'impose et parce que nos expériences et nos savoirs conjugués nous aident à trouver des solutions à la souffrance de nos patients avec un maximum d'efficacité. Du moins, en théorie.

Après avoir adressé un sourire ironique au docteur Kaplan, il poursuit sur un ton amical, teinté d'humour :

— Vous n'allez pas très bien, monsieur Meyer. J'ai regardé votre dossier. Deux ruptures consécutives. Deux chocs, une difficulté psychique, un blocage, un problème d'accoutumance. Nous sommes d'accord ?

Éric Meyer reste coi.

— Rien de très grave, mais il faut que nous parlions, que nous réfléchissions, que nous comprenions, ensemble, pourquoi ça ne va pas. Je suis là pour vous aider à identifier ce qui en vous pourrait constituer une forme de barrage à votre guérison. Que pouvez-vous me dire de vous ?

— De moi ?

— Oui, de vous. Nous sommes là pour ça, voyons.

Éric lui jette un regard effaré :

— Je suis enfant unique, né à Besançon.

— À Besançon ? Pourriez-vous me décrire en quelques mots vos parents ?

— Mon père était ingénieur. Je n'ai pas connu ma mère. Mon père était un très bon père.

— « Était » un très bon père ? Il est décédé ?

— Il y a plus de vingt ans.

— Il y a plus de vingt ans ? Vous avez vécu seul avec votre père, enfant ?

— Oui, jusqu'à l'âge de douze ans. Après ça, je suis parti au pensionnat.

— Au pensionnat ? Où ça ?

— À Lyon. Chez les jésuites.

— Chez les jésuites ? Vous étiez un bon élève ?

— Je suis sorti major de Polytechnique à vingt et un ans.

— À vingt et un ans ? À votre avis, pourquoi êtes-vous ici ?

— Docteur... Excusez-moi, j'ai oublié votre nom. Vous devez absolument répéter la fin de toutes mes phrases ?

— La fin de toutes vos phrases ? Non.

Éric Meyer jette un œil amusé au psychologue, qui se renfrogne avec bonne humeur.

— Je vois que vous n'avez perdu ni votre intelligence ni votre sens de l'humour. Bon signe ! Savez-vous pourquoi vous êtes ici ?

— Non.

— Quelle est la dernière chose dont vous vous souvenez ?

Il contemple ses pieds et prononce intérieurement : « Je te quitte, Éric. »

— J'ai lu une lettre écrite par ma femme.

— Une lettre de rupture ?

Éric Meyer acquiesce silencieusement.

— Consécutive à la tentative de suicide de votre maîtresse, n'est-ce pas ? C'est beaucoup pour un seul homme, commente le psychologue avec douceur. Qu'est-ce qui vous fait le plus souffrir ?

Éric Meyer, traversé par une colère subite, se tourne vers le docteur Kaplan.

— J'ai l'impression d'être en URSS, dans une séance d'autocritique ! Je souhaiterais rester seul avec le docteur Kaplan. Est-ce possible ?

Le psychologue l'observe pendant quelques secondes.

— Votre revendication me semble intéressante. J'aime beaucoup qu'un patient fasse preuve de ce genre de volonté. Mais c'est impossible et vous devez le comprendre.

— Qu'est-ce que je dois comprendre ?

— Vous êtes arrivé à Sainte-Ursule hier, dans un état délirant. Vous n'aviez rien sur vous, ni portefeuille, ni clefs, ni portable. La première chose que vous avez déclarée au docteur Kaplan, que vous attendiez dans le parc, était que vous aviez l'intention de le tuer.

— C'est impossible ! crie-t-il en se levant brusquement. C'est une manipulation ! Pourquoi aurais-je voulu cela ?

— Le terme « voulu » n'est pas adéquat, commente tranquillement Kaplan.

Éric se rassied, blême.

— Qu'est-ce que j'ai fait d'autre ?

— Vous avez parlé de « l'infortune du monde ». Ça vous dit quelque chose ?

— Non !

La violence du ton fait sursauter l'assistance.

— Vous avez également parlé d'un conte, une histoire de hibou, poursuit Kaplan.

Le regard affolé du patient passe de l'un à l'autre.

L'infirmière prend la parole.

— Vous avez repris conscience une première fois après environ douze heures de sommeil. Je suis venue dans votre chambre pour renouveler votre dose de sédatifs, lui explique-t-elle avec un sourire bienveillant.

Vous étiez en train de parler à quelqu'un. Cette personne vous avait fait mal en traçant des chiffres sur votre bras. Vous m'avez dit que ce n'était pas une femme, mais Clémence.

— C'est impossible, murmure-t-il en plongeant la tête dans ses mains. Je n'ai pas pu dire ça ! C'est un cauchemar !

— Est-ce que cette Clémence fait partie de votre monde réel, monsieur Meyer ? demande le psychologue.

— Non ! répond brutalement Éric.

— Vraiment ? réplique Kaplan en vérifiant ses notes. Permettez-moi d'essayer de vous aider. Vous êtes venu me voir la première fois pour me parler de la tentative de suicide de votre maîtresse, Stéphanie Pourtin. Vous vouliez, me disiez-vous, vous assurer que vous n'étiez pas légalement responsable. Or, ce n'est pas le rôle d'un psychiatre que de déterminer une responsabilité de cet ordre, mais celui d'un avocat, et vous êtes un homme intelligent et plein d'expérience.

Un temps de silence.

— Vous vous saviez donc déjà en danger. Vous êtes ensuite revenu avec l'intention déclarée de me tuer. Or, vous n'aviez pas d'armes et, physiquement, vous n'aviez aucune chance d'y aboutir. Je pèse au bas mot trente kilos de plus que vous. Donc, ce n'est pas moi que vous vouliez tuer, monsieur Meyer, mais ce que je représente à vos yeux et qui reste à définir.

Éric Meyer avale péniblement sa salive, les yeux au sol.

— Je vous ai prescrit des anxiolytiques en vous mettant en garde contre les mélanges incompatibles, vous avez forcé la dose. Volontairement. Du moins, dans le sens de ce que nous entendons ici par « volonté ». Vous êtes venu me montrer le résultat, en somme. Vous comprenez ce que j'essaye de vous expliquer ?

Éric Meyer se mouche bruyamment.

— Qui est Clémence ? demande le psychologue.

— Mon amie d'enfance. Elle vivait en face de chez moi. Je voudrais rentrer dans ma chambre maintenant ! s'énerve soudainement Éric en se levant et se précipitant vers la porte, l'infirmière sur ses talons.

— Mademoiselle Boisron ! hèle Kaplan, arrêtez-vous une seconde au secrétariat avec monsieur Meyer. Sa fiche familiale est incomplète. Il nous manque les dates de naissance, et éventuellement de décès, de ses parents et de ses grands-parents.

« C'est bien la première fois que... Qu'est-ce que tu cherches, Kapioche ? » se demande l'infirmière en se retournant interloquée vers le psychiatre.

Ce dernier regarde attentivement le patient, qui éructe :

— Et pourquoi pas ceux de mes arrière-grands-parents, tant que vous y êtes ? Vous êtes de la Gestapo ? Je ne dirai rien, vous m'entendez ? Rien !

La porte claque. Kaplan ramasse son dossier en soupirant, sous l'œil amusé du psychologue.

— Intelligent, articulé. Il me fait une bonne impression. Pourquoi lui as-tu demandé de donner le nom de ses parents ? C'est un nouveau caprice de l'administration ? Ils traquent les sans-papiers dans les hôpitaux maintenant ?

— Non, je voudrais qu'il dise sa vérité.

Il ouvre son dossier et lui montre les courriels échangés avec Catherine Lehman.

— Notre ami a déclaré à sa famille, tout comme ici, qu'il n'avait pas connu sa mère, or celle-ci est décédée lorsqu'il avait douze ans.

— Ça se corse, grogne le psychologue. Si tu veux mon avis, c'est de la viande pour psychanalyste. Ce type n'a rien à faire ici. Il devrait être dans une clinique. Qu'est-ce que tu en penses ? ajoute-t-il en se tournant vers le docteur Rince.

La jeune femme claque des lèvres.

— Ce type vient d'essayer de se foutre en l'air. Il n'y a pas d'autre terme. C'est un miracle qu'il soit arrivé en vie ici. Je suis d'accord avec toi, son cas n'est pas pour notre département et nous avons beaucoup plus lourd en réserve. Mais il est venu ici pour trouver de l'aide auprès de Robert. Si nous le flanquons à la porte, il risque de faire une énorme connerie. Il a besoin d'être remis dans son axe. Robert ?

Le psychiatre, soucieux, contemple un instant sa main.

— Ce mec te fait peur ?

— Non, absolument pas.

Alors, c'est réglé. Je le place en observation pour quarante-huit heures. Pas de visites extérieures, premier entretien demain matin avec toi. Tout le monde est d'accord ? Voté.

Toute l'infortune du monde.

Les mains croisées derrière la nuque, le regard fixé sur le plafond de la chambre, Éric Meyer réfléchit.

Ce matin-là, il avait plu. Un bruit de moteur. Un fourgon gris attendait devant la porte de la maison. Il s'était penché à la fenêtre.

La terre des allées du cimetière avait une consistance de glaise un peu jaunâtre qui collait aux pieds. Ils étaient quatre autour de la fosse. C'est moi Laurel, c'est toi Hardy, c'est toi le gros et moi le petit. C'est toi Laurel, c'est moi Hardy et nous sommes deux bons amis. « Ploc ! » avait fait la terre sur la planche de bois tandis qu'il remuait ses orteils dans ses chaussures comme sa mère lui avait appris à faire pour éviter les engelures. La main de son père lui pesait sur l'épaule. Ça lui avait fait mal.

— Monsieur Meyer..., avait dit Hardy dans son costume noir d'employé des pompes funèbres, trop étroit pour lui.

Son père s'était avancé vers la fosse.

— Personne ne peut comprendre ce qui nous unissait, elle et moi.

Puis, il avait récité, les yeux dans les yeux de la fosse :

Toute l'infortune du monde
Et mon amour dessus
Comme une bête nue.

« Toute l'infortune du monde », s'était répété le petit garçon, sans bien saisir. Ça doit être une prière. Je demanderai à Clémence.

Laurel s'était gratté la gorge :

— Il y a une dame qui arrive.

La silhouette en noir de madame Vidal s'avançait en zigzaguant entre les tombes.

— Avec toute cette pluie et cette boue... je suis en retard, excusez-moi, monsieur Meyer.

Une main sur sa joue.

— Mon petit...

Le bruit de la glaise sur le bois. Ploc.

À la sortie, devant la grille, le gardien avait remis un document à son père.

— Le plan du cimetière. Pauvre gosse, avait-il ajouté en se penchant vers le garçon, c'est triste de perdre sa maman si jeune. Tu sais, moi, j'ai perdu mon père quand j'avais...

Éric avait frappé ses semelles sur le trottoir pour en ôter la boue. Un homme en salopette bleue avait traversé la rue.

— Faut nous excuser, monsieur Meyer, c'est jour de paie. On n'a pas pu venir. Les gars et moi, ça nous ferait plaisir de vous offrir un verre. Votre dame, c'était quelqu'un de bien.

Les vitres du Bar des Amis étaient couvertes de buée, la fumée des cigarettes inondait la pièce. Éric, les deux pieds sur la rampe de cuivre qui longeait le bar, avait accroché ses mains sur le comptoir. Un homme avait posé sa main sur sa tête :

— Je l'ai bien connue, ta mère. Je l'aimais beaucoup, comme nous tous ici. Ça va aller. Tu oublieras, va.

Il lui avait répondu par un geste du menton en se disant : « C'est bien d'être entre hommes. Elle m'agace Vidal la mygale avec son mouchoir. »

Il pensa au directeur de l'école déclarant à son père, la semaine d'avant, devant lui :

— Des garçons comme lui, j'en ai vu deux dans ma carrière et ça fait trente ans que j'exerce. Vingt en mathématiques et algèbre : prix d'excellence. Vingt en histoire et géographie : prix d'excellence. Vingt en latin et en grec : prix d'excellence. En français, seize sur vingt. Le plus formidable, c'est qu'en sport, il est notre meilleur atout dans l'équipe de basket. Un champion ! Très mauvais nageur, cependant. Avec ça, un camarade exceptionnel. Droit, généreux.

Le directeur s'était penché vers lui et lui avait murmuré tout bas :

— Il ne te manque qu'une toute petite chose, mon petit garçon, et je te souhaite de la découvrir : la joie. Monsieur Meyer, avait-il ajouté en se redressant, votre fils a de l'avenir. Un vrai avenir ! S'il reste ici, il recevra une éducation correcte, sans plus. Si vous prenez la décision de l'envoyer au collège Sainte-Barbe à Lyon, il sera confronté aux élites. À vous de voir. Vous connaissez mon opinion.

— C'est à mon fils de décider, avait marmonné son père.

Les tables, les mains abîmées, les visages burinés, les nez enfouis dans les bocks de bière, les épaules affaissées de son père. Il partirait.

Sur le chemin du retour, son père titubait. En ouvrant la porte, il avait crié à la cantonade, d'une voix avinée :

— Maintenant il faut vivre ! Vivre nos vies d'hommes !

Au cours de la nuit, il avait entendu des bruits dans le couloir, des pas légers qu'il ne reconnaissait pas, un rire furtif, les ressorts d'un lit qui grinçaient, des gémissements de femme.

— Pourquoi êtes-vous ici ?

Éric Meyer se retourne. Quel âge a-t-elle cette femme ? Soixante-cinq, soixante-dix ans ? Il ne sait pas. Il aime ses cheveux gris tirés impeccablement en arrière, cette ombre rouge sur ses lèvres, les petites boucles vert émeraude qui pendent à ses oreilles, la chemise blanche dont les manches courtes dégagent des bras minces à la peau plissée par le temps. Il ne répond pas ; il n'en a ni le courage ni l'envie.

La femme penche doucement la tête en s'asseyant à ses côtés. Ils sont seuls dans le petit jardin. Ou presque ; un infirmier en blouse blanche est assis sur les marches du perron et fume.

— Dans une heure, je quitte Sainte-Ursule, déclare-t-elle d'une voix douce.

D'un ton qu'il voudrait dur comme du roc, Éric Meyer lui demande :

— Vous êtes en visite ?

Les mâchoires lui font mal, sa voix est rauque comme celle d'un homme qui a trop chanté, trop crié, trop fumé, trop bu. Sa tête est lourde.

La vieille dame effleure doucement les deux bandes

de gaze qui enserrent ses poignets au-dessus de ses mains fines et noueuses.

— Non, je ne suis pas en visite. Et vous ? dit-elle en lui souriant avec malice.

— Non.

Elle avance sa main vers lui et répète :

— Pourquoi êtes-vous ici ? Je vous observe depuis hier... Vous ne répondrez pas, n'est-ce pas ? C'est normal. Ici, lorsqu'on arrive, on ne peut plus répondre à rien, jusqu'au moment où nous disons enfin : je suis ici parce que cela m'est arrivé. Avant on se dit : je suis ici parce que d'autres l'ont voulu...

Éric Meyer bat des paupières, sans répondre, tranquillisé par la voix calme et douce.

— Je me suis révoltée, vous savez, poursuit-elle. Et j'ai eu peur, peur comme... Ici, la peur n'est pas la peur comme dans la vie. Ils m'ont volé des choses dans ma chambre. Ce n'est pas ça qui m'a effrayée. Vous les avez vus ? Ceux qui parlent seuls, ceux qui vous insultent, qui crient, qui pleurent, qui se murent dans un silence horrible ou qui bougent les lèvres de temps en temps. Ceux qui viennent vers vous pour vous parler. Au début, il est impossible de les comprendre. On reste l'œil rivé sur leurs mains, aux aguets. C'est affreux... Se savoir comme eux, là, sur le bord de la falaise, à deux doigts du gouffre. Pourtant, avant, la terreur était là aussi mais avant, c'est l'avant-goût de la folie. Cette monstruosité avec laquelle nous vivons nous appartient, nous sommes seuls face à elle. Elle est notre création, notre univers à nous, seulement à nous. Je me voulais unique et rester sous l'emprise magique de cette résonance de souffrance en moi. Je me voulais Werther et je me suis retrouvée Bécassine au pays des fous. Des fous qui en savaient plus long sur la vie que moi. Mon épitaphe... J'avais imaginé des mots purs, un peu à la Keats : « Un destin inscrit sur de l'eau. » Vous connaissez Keats ? Personne ne connaît Keats. C'est complètement dépassé.

— ...

— Vous m'écoutez ? Je suis guérie. Tout s'est effacé. Enfin, pas complètement. Ça laisse des traces Sainte-Ursule. Et je me suis fait des amis ici, j'aimerais bien les revoir. Peut-être. Je ne suis pas sûre. Ici, nous nous parlons un peu bizarrement. Le militaire, celui qui vous demande le mot de passe. Non ? Un jour, ça viendra. Vous le trouverez là, devant vous, et il vous criera : « Mot de passe ! » Ce n'est pas difficile, le mot de passe du jour est écrit sur sa veste. Il suffit de lire. Hier, c'était : « Tout va bien. »

Éric soulève un sourcil étonné.

— Il était dans la Légion, poursuit-elle. Je ne sais pas si à l'extérieur on peut encore s'écouter comme ici, ou admettre que... Ici nous sommes tellement entre nous, si difficilement et pourtant si pleinement adaptés. En paix ou en guerre avec les autres, mais prêts. Vous comprenez ? L'ingénieur, par exemple, celui qui tremble tout le temps, c'était votre voisin de table avant-hier, celui qui s'est pris toute sa soupe sur la figure. C'est son quatrième séjour. Un homme charmant, comme son ami que tout le monde appelle l'Énarque. Ils se parlent – en réalité, ils se battent – à coups de poèmes.

L'image du vieillard remuant silencieusement les lèvres revient à l'esprit d'Éric.

— Je n'arrive pas à croire que demain, à la terrasse d'un café, je pourrai parler d'un magazine, d'un livre, de quelqu'un que je connais, de quelqu'un de mon paysage. Ce paysage de l'autre côté. Ici, tout est tellement, complètement, réel. Ici, c'est fini les jeux d'ombres, le théâtre. Il n'y a plus rien, ni scène ni coulisses ; plus de séparation. Souvent, depuis que je suis arrivée, je me demande, je m'interroge. L'âme humaine ? Une chose de trop et nous nous retrouvons dans la marmite des réducteurs d'âmes, avec une toute petite âme de rien du tout, torturée par des bêtises. Cassés, brisés. De tout petits destins mis en pièces par des petites histoires, des saletés du hasard ou de l'imbécillité humaine. Vous savez pourquoi il a craqué, le légionnaire ? Il était en mission en Afghanistan. Un soldat américain a massacré un troupeau de moutons devant lui. Des morts, il en avait vu beaucoup, mais ce carnage d'animaux, c'était la goutte de trop. Sainte-Ursule, ce n'est pas un monde de héros ni de gens minables, c'est juste un endroit pour des gens qui ont vécu quelque chose de trop ou de moins. Le « pas assez », ça rend fou aussi, vous savez. Et puis il y a ceux que la maladie tient par le cou ou par les chevilles, les bagnards de la pathologie, les galériens de la folie. Elle les tient comme des esclaves, comme des jouets.

— ...

— Avant de partir, je voudrais dire à quelqu'un : « Prenez courage. » Vous m'entendez ? Vous voyez mes bras ? Il ne reste que cela de ma volonté de mourir.

Ici, c'est facile de dire : « J'ai voulu mourir. » C'est normal, ça fait partie de la vie d'ici. Dehors, il y aura toute cette violence des gens qui n'ont pas connu ce vertige de la falaise, l'ambulance en bas de chez soi, l'injection forcée des calmants. Vous aimez les livres, lire ?

Il soupire longuement.

— Je ne sais pas.

— Je suis professeur, enfin, j'ai été professeur. Professeur de lettres. Professeur d'université. Mon sujet, c'est la littérature élisabéthaine ; Shakespeare, Marlowe... Vous aimez Shakespeare ?

Catherine lui disait toujours : « Tu es comme le roi Lear, toujours à côté de la plaque. »

— Je vous ennuie ?

— Non.

Ce timbre pâle, le rythme des mots, les lèvres minces, les gestes souples. Quelque chose en lui reflue.

— Pourquoi êtes-vous ici ?

Il fixe les manches de son pyjama, repasse le tissu avec ses mains, contemple ses pieds dans des chaussons blancs, fait jouer ses orteils. Il voudrait lui dire : « Je suis un homme important. »

— Je ne sais pas, répond-il en tournant son visage vers la grille noire qui entoure le jardin.

Des larmes surgissent, épaisses, lourdes, qui coulent le long de son nez. Elle lui tend un mouchoir, ouvre sa paume vers lui.

— Donnez-moi votre main.

Il ne réfléchit pas, enfouit sa main dans cette chaleur. Elle serre les doigts doucement. Ça lui fait du bien. Comme une couverture sur un corps glacé.

Comme une bouchée de pain dans un ventre affamé. Doucement, il fait jouer son pouce sur le dos de la main de cette femme.

— Enfant, je...

Sa voix est sourde. Il n'achève pas sa phrase.

Le soir, dans la maison de Besançon, il lui rendait visite. Il n'aimait pas l'odeur de la chambre, mais s'habituait vite. Il parlait, parlait : « Aujourd'hui, nous avons eu un match de basket. On les a écrasés comme des bleus. Je suis le meilleur ! Anatole dit qu'il n'a jamais vu un ailier comme moi. »

Et il parlait, parlait, tandis que d'un petit mouvement du pouce elle lui caressait la main.

Il sc recule d'un geste brusque.

— Moi aussi je suis quelqu'un d'important. Je suis très riche, vous savez, très, lui déclare-t-il avec une voix puérile qui le surprend lui-même.

Elle lui enserre le poignet et l'oblige à se rasseoir en murmurant :

— Ne partez pas. Quand vous étiez enfant, disiez-vous ? N'ayez pas peur ! Regardez-moi, regardez mes bras. Rien n'est plus difficile que de revenir au port. Vous savez ce que c'est le port ? Le port, c'est notre vérité. C'est tout, et pourtant, c'est tellement difficile, n'est-ce pas ?

Il a mal, il lutte.

— Oui, c'est difficile.

— Je sais.

Les larmes reviennent, encore et encore.

— Vous ne savez pas... Personne ne sait... Personne ! Chaque jour, savoir, chaque jour savoir que le lendemain... et aussi, savoir que...

Il ne peut plus parler. Il sanglote soudainement, affalé sur la table. L'infirmier s'approche. La femme lui fait un signe doux et chuchote, un doigt sur les lèvres :

— Laissez-le.

Éric Meyer se redresse, parcourt du regard l'étendue d'herbe autour de lui. Tout n'est que brouillard.

— Je suis fatigué. Je vais dormir maintenant.

Il repousse sa chaise, fait quelques pas, se retourne et articule d'une voix pâteuse :

— Ne recommencez pas. Moi, j'ai connu une femme qui... et après, tout est devenu...

Il marche en hésitant vers le perron, revient sur ses pas, dévisage la femme et crie avec colère :

— Ne recommencez pas, vous m'entendez ? Jamais ! Il n'y a pas que vous sur terre !

Elle lui fait un signe en souriant :

— Jamais, je vous le promets !

Il traverse la salle commune, monte lentement les escaliers, longe le couloir, pousse la porte de sa chambre, s'affale sur son lit en repliant les jambes contre son buste. De là où il est, il voit un petit bout de ciel d'été.

— Comment vous sentez-vous ? demande Robert Kaplan en ouvrant le dossier posé sur la table.

Éric Meyer hausse les épaules, fait une moue découragée.

— De plus en plus malade.

— Qu'est-ce qui vous fait dire ça ?

— C'est un tout. Je n'ai même plus envie de lutter.

— De lutter ? Vous vouliez lutter contre quoi ?

— Contre vous, contre tout ça. Ça doit être les médicaments que vous me faites avaler. J'ai rencontré une vieille dame qui... Dites, docteur, vous êtes conscient de ce qui se passe dans votre hôpital ? Le décharné, le vieux schnoque qui parle tout le temps dans sa barbe, qui n'écoute jamais rien de ce qu'on lui dit, celui qui s'est pris la soupe dans la figure. Vous savez ce qu'il fait ? Il se récite des poèmes. L'Énarque et lui font un concours. Vous n'êtes pas au courant ? Ça ne m'étonne pas. Et la Rachida, la schizo, j'ai trouvé le moyen pour qu'elle arrête de vous flinguer avec ses yeux : il faut se baisser. Elle n'aime pas les gens plus grands qu'elle. J'avais un poney comme ça. Il ne supportait pas qu'on le regarde de haut. Et le self, il est très mal géré. Les couverts d'un côté, les verres d'un autre et le pain encore d'un autre. Si l'objectif est de faire faire de l'exercice aux malades, c'est réussi. Il y en a toujours un qui oublie quelque chose. Il faut me réorganiser tout ça. Idem pour les tables. C'est un slalom le parcours dans la salle à manger. Vous nous préparez pour les jeux Olympiques ou quoi ?

Le psychiatre réfrène un rire.

— J'ai l'impression que vous allez beaucoup mieux. Vous avez toujours aimé l'ordre ?

— L'ordre ? Oui, j'aime l'ordre ; que tout soit rangé à sa place. Aligné. C'est une question de discipline, d'éducation. L'ordre, voyez-vous, docteur, c'est la base de tout. Si tout est en ordre, on peut réfléchir, voir, décider. Mon épouse n'a jamais compris ça. Le genre de femme à ranger de l'aspirine dans un tiroir de cuisine. C'est invivable.

Il inspire profondément en se frottant le maxillaire gauche.

— J'ai souvent mal ici. Depuis que je suis... C'est comme si j'avais une crampe. J'ai toujours rangé ma chambre, enfant, soir et matin. Je n'ai jamais perdu une chaussette. Une fois, j'ai perdu un gant dans un taxi. J'ai remué ciel et terre pour le retrouver. Ma femme disait : « Qu'est-ce que ça peut faire ? Tu en achèteras d'autres. » Mais moi, quand j'étais gosse, des gants, j'en avais une paire, pas deux. Elle, évidemment... Un petit billet, et tout est réglé. Je ne supporte pas de perdre mes affaires. Ça me rend malade. Ce n'était pas la misère chez nous. Mon père gagnait sa vie. Seulement, tous les jours, c'était comme si le lendemain il pouvait y avoir quelque chose de moins.

— Quelque chose ou quelqu'un ?

Le patient plonge la tête dans ses mains et contracte les mâchoires de toutes ses forces.

— Détendez-vous, relâchez-vous. Vous serrez les dents comme un forcené. Ouvrez la bouche, faites jouer vos articulations de droite et de gauche. Arrêtez votre cinéma et faites-moi confiance. Votre mémoire ne vous veut aucun mal, au contraire. Que vouliez-vous me dire ?

— Quand j'étais enfant, avant que... mais vous savez, tout n'est pas aussi simple que ça. On se croit capable de... et puis un jour ça ne va plus et on se retrouve à Sainte-Ursule. Elle a raison, la vieille, le port, c'est notre vérité. Seulement, ça fait plus de trente ans que je...

— Que vous ?

Un rayon de soleil caresse son épaule. Un filet de sueur coule le long de sa colonne vertébrale.

— Que je mens, souffle Éric Meyer dans un murmure presque inaudible.

Son front est moite, des gouttes de transpiration glissent sur ses tempes. Il ressent une sensation de vide dans les jambes, suivie d'un vertige. Son corps quitte la chaise, sa joue heurte le sol froid. Des mains écartent sa chemise, palpent sa poitrine, forcent ses paupières, des bras le soulèvent. Il marche sur une plage, son corps est gigantesque. En face de lui, un petit personnage en blouse blanche lui pose des questions en hurlant. Il le contemple calmement puis l'écrase du pied. Un courant d'air le réveille brutalement. Le docteur Kaplan est assis à ses côtés, le regard fixé sur lui, son poignet dans sa main.

— Qu'est ce qui m'est arrivé, docteur ?

— Un malaise vagal. Rien de grave.

— J'ai fait un rêve. Vous étiez minuscule et je vous écrasais du pied.

— Qu'est-ce que j'étais donc pour vous dans ce rêve, pour que vous m'en vouliez tant que ça ? demande le praticien en souriant.

— Un ennemi sans pouvoir.

Le médecin soulève un sourcil amusé. Il réprime l'envie de lui dire que dans les rêves on ne voit jamais que soi-même.

— Vous allez prendre le temps d'y réfléchir, nous nous reverrons demain matin.

Une nausée. Catherine Lehman se fige en haut de l'escalier du métro, inspire et expire comme le gynécologue lui a appris à faire : respirer doucement, redresser les épaules, prendre son temps. Elle se remémore ce qu'elle est venue chercher : la carte Vitale, une pièce d'identité et la référence de la mutuelle. En contournant la maison familiale, une émanation de térébenthine lui saute aux narines et lui donne un haut-le-cœur. Trois marches en pierre taillée séparent la porte d'entrée de la rue. Trois marches blanches qui surgissent du trottoir gris.

Sur la première est écrit en grosses lettres tracées à la peinture noire :

MEYER

Sur la deuxième :

EST

Sur la troisième :

UN ASSASSIN

Elle se recule, effarée, et balaye du regard la façade, puis le mur qui sépare le jardin de la rue. Un pot de peinture à la main, un jeune homme est appliqué à écrire la dernière lettre du mot : SALAUD.

Elle s'époumone :

— Mais vous êtes complètement malade ! Arrêtez immédiatement ou j'appelle la police !

Le jeune homme se retourne lentement. Autour des yeux limpides, cernés de deux flaques d'ombre, la chevelure blonde, terne, est en désordre. Les joues sont légèrement ombrées. Il porte une chemise rouge, ouverte sur un cou maigre et souple.

— Qu'est-ce qu'il vous a fait, Éric Meyer ? hurle-t-elle.

Il lui jette un coup d'œil mauvais et, lentement, plonge la pointe de son pinceau dans le pot en marmonnant entre ses dents :

— Ça prend deux *n*, « tortionnaire » ?

Elle fouille en tremblant le fond de son sac à la recherche des clefs. Sans cette nausée qui lui noue les entrailles, elle s'enfuirait en courant. Trois fois qu'elle vomit depuis l'aube, personne pour la secourir, et ces clefs qu'elle ne trouve pas. Le spasme remonte le long de l'œsophage. Elle s'accroupit, dos au mur, en fermant les yeux. Le jet éclabousse le trottoir. Les jambes du jeune type s'approchent jusqu'à toucher son épaule. Une pression sur la lanière de son sac. Elle éprouve un court moment de regret pour son portefeuille vert, cadeau de son époux, acheté dans un bazar d'Istanbul. Il agite des clefs sous son nez :

— Ce sont celles-là ? C'est votre père, Meyer ?

Elle passe sa main sous ses narines embuées, essuie ses lèvres du plat de la paume.

— Ça vous regarde ? Qui êtes-vous ?

— Henri Pourtin. Le nom vous dit quelque chose ?

— Rendez-moi mon sac.

Il jette le sac et les clefs à ses pieds.

— Je n'en ai rien à foutre de votre sac ! C'est quoi votre problème ? Vous vous êtes bourré la gueule hier soir, c'est ça ? Il est où votre père ?

Je compte jusqu'à dix et ce type a disparu, se dit-elle.

— Je suis enceinte, okay ? Ça peut arriver. Vous vous tirez, et plus vite que ça. Je ne veux pas savoir qui vous êtes. Foutez-moi le camp !

Deux doigts dans le creux de ses joues, serrés à lui toucher les molaires :

— Vous ne me parlez pas comme ça ! Vous lui direz, à votre père, qu'Henri Pourtin est venu, et qu'il reviendra pour lui casser la figure. Il peut les compter ses dents !

Pourtin. Le nom de la femme sur les courriels. Elle voit le jeune homme descendre la rue à pas rapides, hargneux.

Une sirène de police retentit, Catherine se lève d'un bond et claque la porte derrière elle. La sirène s'éloigne. Elle traverse le hall à pas lourds et s'écroule sur la première marche de l'escalier :

— Je ne suis pas responsable de mon père. Pas responsable. Je n'y peux rien à cette histoire. Rien, gémit elle. Vingt ans ! Un gosse de vingt ans, à peine. Pas tout à fait un homme. Et ses yeux, cette haine, ce désarroi. Pourquoi leur avoir fait ça, Papa ? Pourquoi ? répète-t-elle en criant. Est-ce que Clémence, Maman, et toutes les autres, ça n'était pas suffisant ? Est-ce qu'il te fallait en mettre une en terre ? Tu en avais besoin, dis ? Il te la fallait ?

La main plaquée sur sa mâchoire, elle se recroqueville, tempe posée contre la rampe de métal. Il ne me voulait pas de mal. Un gamin désespéré, enragé. Ce qu'il a dû souffrir. Elle examine le delta des veines du marbre sur le sol, en suit les méandres des yeux. Où vont les ruisseaux quand ils ne se dirigent pas vers la mer ? Toute cette boue, ces rigoles de boue, partout. Où est le lieu de ta vie intact de toi, Papa ? Où ? En reste-t-il une trace ? Une seule ? Elle fouille des yeux les paysages du marbre : rivières, nuages, oiseaux, montagne.

La voix de son père lui revient en mémoire :

« *Elle n'avait pas un nom, elle en avait cent. Muette et pourtant si loquace, sourde, mais contenant toute mémoire, d'une beauté si extraordinaire que personne ne la voyait, c'était... la Montagne !* »

Elle glisse son autre main entre sa tempe et le métal. Une douceur. Comme autrefois. Quand la main de son père se posait sur sa tête et qu'elle écoutait l'histoire, les jambes allongées sur le grand divan de la maison d'Aix. Ses yeux qui se moquaient d'elle : « Une nympharonne ? C'est une sorte de papinuchette, en plus petit, tu vois ce que je veux dire ? »

Elle opinait. « Une papinuchette, en plus petit... » ; l'être minuscule dansait une petite gigue sur les dalles et disparaissait.

À quelle heure de la vie cela s'est-il produit ? La première fissure par laquelle les cancrelats ont pénétré sa chambre, la première brèche par où le Car-Hibou s'est enfui. Le moment où le rocher qui cachait la caverne est tombé.

Sentir à nouveau l'infecte odeur de moisi de cette cave.

En vacances d'été dans la maison d'Aix, les coudes sur le rebord de la fenêtre, Catherine observait un chat explorer une gouttière : « Viens, minou. » Des voix montaient du jardin.

— Elle a dix-sept ans ! entendit-elle tonner Clémence. Tu risques la prison. Tu es complètement fou !

— Elle n'était pas vierge, avait grincé son père. Si tu t'imagines que ces gamines passent intactes leur majorité, tu te fais des illusions. Et elle est comme les autres ; vénale, mais moins chère...

— Éric, laisse cette gamine. Tu es en train de la détruire, et tu le sais très bien. Tu vas la broyer à coups de fric et de cocaïne.

— Pour le moment, la cocaïne, ça ne marche pas. J'ai une autre idée. Cette gamine a du talent, côté sexe.

— Tu vas la lâcher ! avait soudainement crié Clémence. Elle a trois ans de plus que ta fille. Elle n'a même pas son bac !

Le ricanement diabolique de son père...

Catherine sur son lit d'Aix. Son corps comme une pierre. Ses yeux sur les ombres des feuilles des platanes qui griffaient le plafond. Ce moment où le cerveau devient pendule. Un coup, je garde. Un coup, je ne garde pas. Le pendule s'était arrêté. Les mots étaient tombés en elle comme des gouttes de nitroglycérine.

Le champ de sa mémoire, celui du premier paysage esquissé, pastel ponctué de quelques taches plus vives, était, en quelques instants, devenu une vaste carrière dynamitée, un empilement de schiste taillé à angle aigu. Et la méfiance; ce nouveau prisme par lequel elle le voyait, focalisant sur les lèvres tordues de mépris, isolant les yeux qui se posaient sur tous comme des éclairs d'acier, cruels. Que lui importait que son regard sur elle ne soit pas celui qu'il posait sur les autres?

Son palet dans la marelle de la vie s'était fiché en enfer.

— Tout le monde le déteste, Catherine. Tu sais comment on le surnomme chez nous?

— Non.

— Belzébuth.

Elle aurait voulu lui dire, le convaincre, ce cousin-là, mais même Clémence avait fui à son tour. Elle ne la verrait plus empoigner la nuque de son père quand il débordait de fiel, le secouer comme un prunier:

— Tu n'as pas un peu fini de dire des horreurs? Tu vas me copier deux cents fois la phrase: je ne dois pas dire du mal de mon prochain.

Et quand il leur pétaradait ses derniers triomphes dans les oreilles:

— Il faudrait peut-être penser à changer le mélange de ton Solex personnel, Éric. Tu fais trop de bruit. C'est assourdissant.

Les deux mains de Clémence sur les épaules de son père, le soir, dans le jardin d'Aix. Sa façon d'écouter ses silences, de lui prendre la main, devant tous, et de la garder ; le dernier rempart. Sa mère ? Il y avait beau temps qu'elle n'essayait plus. Catherine était restée seule avec cette pierre dans son sac à dos. Lourde, trop lourde à porter. Mon « père-pierre », le nommait-elle, sans les mots pour s'opposer à la façon dont les autres parlaient de lui. Tous. Les soupiraux s'ouvraient, un à un, comme s'il fallait qu'elle en respire l'odeur, maintenant qu'ils la voyaient fronçant à son tour les sourcils quand elle le regardait, avec ce mouvement de recul imperceptible. Comme eux. Or, il restait encore une joie dans les yeux de son père quand il la regardait, et une ombre lui barrait le front quand elle détournait les yeux. Elle aurait voulu leur dire, à tous, que l'enfance n'est pas une question d'âge, que les enfants ne sont pas là pour savoir. Jamais. Leur dire aussi le Car-Hibou et ce moment où, pétrifiée devant la porte de la petite école, elle s'était collée contre lui, terrifiée :

— Je ne veux pas y aller, Papa.

Et lui, accroupi devant elle, ses prunelles graves plongées dans les siennes :

— Donne-moi ta main, Catherine.

En parcourant les lignes de son index, il avait soufflé par à-coups dans sa paume, repliant un à un ses petits doigts par-dessus.

— Il ne peut rien t'arriver. J'ai mis deux hérognoufs dedans.

Deux hérognoufs. Les plus courageux des courageux.

En se retournant, au seuil de la porte, elle avait vu son visage tordu d'inquiétude et avait couru vers lui, la main ouverte :

— Reprends-en un, Papa. Je n'ai pas besoin d'en garder deux.

— Tu es sûre ?

— Oui.

Elle se dit que c'est étrange d'être là, au bas de cet escalier, à quelques mètres du bureau de son père. Une veine du marbre sinue en lacets vers son pied ; il arrive toujours un moment où l'on remonte le courant. Elle y était venue un matin, dans ce bureau, pour y chercher un document. Les rayons de dossiers, de livres. Parfaitement alignés. Une boîte, la dernière de la rangée. Une vieillerie. Ce qu'il lui avait pris de la poser sur le sol, de fouiller dedans ? Sa couleur verte, son couvercle de carton rongé par le temps. Cette boîte obéissait moins que les autres. Une photo ; son père en uniforme de polytechnicien, les yeux écarquillés, et une enveloppe de l'École, portant son adresse de Besançon. Elle avait mis la photo dans l'enveloppe, l'enveloppe dans sa poche et refermé la boîte. 2, impasse des Tilleuls. *Tilia*, avait-elle murmuré. C'était le temps où elle les apprenait par cœur ces noms.

— Le chêne, Catherine ?

— *Quercus.*

— De la famille des ?

— Fagacées.

Assise au premier rang de l'amphithéâtre, dans la classe du professeur Alexandre Marchand. C'était tout ce qui lui restait de Clémence : son mari. « Le Grand Hêtre », comme ils l'appelaient à l'Université. Et elle s'y accrochait à cet homme, comme à une bouée. Il lui faisait entrer la forêt par les artères. Et par les pieds. Suivre ses traces lui semblait la seule issue possible. Il lui frottait des feuilles sur les joues, lui faisait goûter la terre. « Marche », lui ordonnait-il. Et elle marchait. « Souris », lui disait-il, et elle souriait. Quand il avait été terrassé par ce qu'il appelait son chancre, le cauchemar avait commencé. Terrifiant. Oppressant. Un matin, après une nuit sans sommeil, elle avait mis l'enveloppe dans sa poche et pris le train.

Elle ne s'était pas attendue à la pluie de Besançon, aux ruelles étroites, à l'immense citadelle surplombant le large fleuve que longeait le taxi, au silence de ce quartier à quelques encablures du Doubs. Ni à cette maison grise cernée d'un grillage rouillé. Un instant, elle avait douté. 2, impasse des Tilleuls. C'était pourtant bien là. Mais où étaient-ils, les tilleuls ? Un escalier de fer, raide, grimpait jusqu'à une porte étroite. Des fenêtres avares perçaient la façade. Autour, des sapins gigantesques, noirs et absurdes. Il avait vécu là. Elle s'était retournée. En face, elle vit une demeure de briques et de pierres moussues, au large perron bordé d'une rambarde sculptée. La grille ancienne, tordue par l'enchevêtrement d'une glycine épaisse, laissait entrevoir un fouillis de buissons. La maison de Clémence. Dans un autre cadastre de la vie ; la rue comme une frontière. Un instant, elle s'était demandé comment son père et Clémence avaient fait pour... mais cette pluie qui lui dévalait dans le cou. Elle avait couru vers le petit café en bordure du fleuve : le Bar des Amis. La salle était déserte, à l'exception d'un homme en bleu de travail, ramassé sur son verre de bière. Le patron avait des allures de Léo Ferré ; vieux comme l'hiver, avec une lueur dans les yeux et une démarche qui inspirait confiance.

— Dites, monsieur, lui avait-elle demandé, en soufflant sur son chocolat chaud, vous le connaissiez, monsieur Meyer ? Celui qui habitait là-bas ?

— Je connaissais surtout sa dame et leur fils.

Une heure plus tard, elle pataugeait dans la glaise boueuse d'un cimetière à la recherche de la tombe de sa grand-mère : Myriam Angèle Meyer, née Levy.

Dans le compartiment du train qui la ramenait à Paris, elle avait observé de biais le balancement des jambes maigres d'une petite fille au-dessus du sol, en repassant dans sa tête les dernières paroles du patron du café :

— Le chocolat c'est pour la maison. Ça me fait plaisir de vous connaître. Éric ? C'était un petit garçon formidable. Notre Chevalier ! Vous lui passerez mon bonjour.

Elle s'était dit qu'elle le ferait peut-être, un jour, puis, dans un carnet, elle avait inscrit la première phrase du conte : « *Dans un endroit lointain, et dans des temps très reculés – Oh ! mais si lointain, si lointain que l'Archi-périple lui-même n'aurait pu y parvenir, et dans des temps si reculés, si reculés, que dix mille montres n'y auraient suffi ! –, vivait le Car-Hibou.* »

— Je vous apporte votre carte de téléphone, monsieur Meyer : instructions du docteur Kaplan. Vous avez un crédit de quinze communications. Au dos de la carte, vous trouverez la liste des numéros de l'hôpital, si votre famille en a besoin. Vous dessinez ? C'est très bien, c'est très joli.

Éric relève la tête vers l'infirmière, l'œil pétillant :

— Vous me donnez dans les combien, pour l'âge ? Huit ans ? Dix ans ? Eh bien non, mademoiselle Boisron, j'en ai cinquante-six. Ça vous étonne, dites-le ! Vous vous rendez compte ? Il va falloir que vous me parliez comme à un adulte.

— Nous allons beaucoup mieux à ce que je vois, répond-elle en se penchant vers le dessin. Qu'est-ce que c'est ? Une boîte ?

— C'est ça, c'est une boîte et le mouton que vous cherchez est dedans. À moins qu'il ne soit planqué sous le lit. C'est un socle. Vous ne voyez pas ? Un socle pour un oiseau. Quelle heure est-il ?

— 16 h 30. Vous ne voulez pas descendre un peu au jardin, avec les autres, prendre un bon verre de jus d'orange ?

— Vous plaisantez ? Ce jus de sucre infect, non merci ! Il est dans son bureau, Kaplan ?

— Le docteur travaille, monsieur Meyer, vous le verrez demain.

— Il est dans son bureau ?

— Le docteur est toujours dans son bureau entre 16 heures et 18 heures, il prépare ses cours. Vous ne me demandez rien ?

Les yeux d'Éric se posent sur elle, agrandis par l'angoisse.

— Madame Pourtin a quitté l'hôpital Villeneuve. Elle est dans une maison de repos à Ville-d'Avray.

Éric acquiesce silencieusement. L'infirmière sortie, il s'empare de la carte, se faufile hors de sa chambre, dévale les escaliers et se rue sur le téléphone. Après deux sonneries, une voix féminine répond :

— Hôpital Sainte-Ursule, bonjour.

— Ici, Éric Meyer, je souhaiterais parler au docteur Kaplan.

À quelques centaines de mètres de là, dictaphone en main, le psychiatre fait les cent pas dans son bureau.

— Synthèse de cours. Titre : Deuil normal et pathologique. Sous-titre : Objectifs pédagogiques ; reconnaître le deuil normal, reconnaître les différentes étapes du deuil, connaître l'existence des deuils pathologiques.

Il s'interrompt en entendant la sonnerie du téléphone.

— Monsieur Éric Meyer désire vous parler, docteur.

— Pouvez-vous identifier le numéro de l'appel ?

— C'est un numéro interne.

— Faites patienter trente secondes et passez-le-moi.

Il ouvre son cahier, lit rapidement le dernier résumé d'entretien.

— Docteur Kaplan, je vous écoute.

— Docteur ? Docteur Kaplan ? Vous m'entendez ?

— Cessez de hurler, monsieur Meyer, je vous entends. Qu'y a-t-il ?

— Ma mère s'appelait Myriam. Myriam Levy. J'avais douze ans quand elle est morte.

Un cliquetis dans l'appareil. Éric Meyer a raccroché.

Le médecin appuie sur l'interphone :

— Madeleine, demande à mademoiselle Boisron où est Éric Meyer et ce qu'il fait en ce moment.

Il pose à regret le dictaphone sur la table et sort de son bureau, son cahier sous le bras :

— Alors ?

— Il est dans le jardin. Il dessine.

Penché sur la table recouverte de bouts de papier, Éric Meyer agite triomphalement une minuscule paire de ciseaux à lames de plastique et bouts ronds :

— Elle a fini par me les donner ces ciseaux, la Boisron !

— MADEMOISELLE Boisron, corrige sévèrement le docteur Kaplan. Qu'est-ce que vous faites ?

— Je découpe des plumes. Je ferai les cornes après. C'est un Car-Hibou.

— Décidément vous y tenez à ce Car-Hibou. Vous vouliez me parler ? Pourquoi m'avez-vous raccroché au nez ?

— Parce que je voulais vous voir.

Un homme courbé, poussant des cris d'orfraie, pénètre dans le jardin au bras d'une infirmière.

— Venez avec moi, dit le psychiatre, je vous emmène faire un tour dans le parc.

Éric le regarde stupéfait.

— Dehors ? Là où les autres sont...

— Là où les autres sont libres ? Oui. Venez avec moi. J'ai besoin de marcher.

— Vous voulez que je sorte comme ça, en pyjama et chaussons ? Vous allez me jeter dehors ? J'ai enfreint la règle, c'est ça ?

— La règle ? Quelle règle ? Figurez-vous qu'il ne m'était pas venu à l'esprit qu'un patient puisse me téléphoner depuis l'hôpital, à quelques pas de mon bureau. Ne soyez pas ridicule, je suis bien en blouse blanche, moi. Allez, venez ! Il n'y a personne, dehors.

Éric fourre les ustensiles et les feuilles de papier dans sa poche, franchit sans un mot la porte de sécurité en scrutant les environs avec inquiétude. Le psychiatre, après quelques centaines de pas, désigne un banc :

— C'est là que nous nous sommes parlé pour la deuxième fois. Vous aviez évoqué le Car-Hibou. D'où vient ce conte ?

— Le Car-Hibou ? Je ne sais pas vraiment. Lorsque ma mère est tombée malade, elle m'appelait auprès d'elle et me montrait la paume de sa main. Elle disait toujours : « Lis ! » Et moi, à son chevet, je m'inventais des aventures. Le Car-Hibou est né à ce moment-là, je crois. Ou, en tout cas, cette façon de raconter. J'ai fait la même chose avec ma fille.

— Elle s'appelait donc Myriam.

— Myriam Levy. Levy, répète Éric Meyer, avec une sorte de gourmandise hallucinée en se laissant tomber sur le banc. Je crois qu'elle était jolie, ajoute-t-il, levant vers le médecin le visage intimidé d'un enfant de dix ans. Je ne sais plus. Elle était très malade, vous savez, très. Elle est restée six années paralysée.

Il croise les mains sur ses genoux, se balance d'avant en arrière et murmure tout bas :

— Elle est morte à petit feu, à tout petit, petit feu.

— Pourquoi avoir caché son existence ?

Le balancement reprend.

— Vous avez eu douze ans, docteur ? Qu'est-ce qu'on lit à douze ans ? Des histoires, belles, héroïques, des amours qui se terminent dans des déchirements ou des triomphes, pas sous une pelletée de terre dans un cimetière minable, avec un père qui le soir même se tape une fille, à portée d'oreille de son fils.

— Pardon ?

— Elle est arrivée le soir de l'enterrement de Maman. Ma chambre jouxtait celle de mon père. J'ai entendu des pas étrangers, des grincements de lit, des gémissements. Sur le moment, je n'ai pas compris ce qui se passait. J'avais peur. J'ai cru qu'il se battait avec quelqu'un. Puis j'ai entendu un rire de femme.

— Le soir de l'enterrement de votre mère ? s'exclame le psychiatre.

— Mon père m'avait dit qu'il fallait vivre, vivre nos vies d'hommes.

La main de Kaplan se pose sur l'épaule d'Éric.

— Arrêtez de vous balancer comme ça, vous allez finir par avoir un malaise. Quel genre d'enfant étiez-vous ?

— J'étais un enfant passionné et terriblement amoureux des gens que j'aimais : ma mère, Clémence, mon père...

Éric agrippe nerveusement la manche du psychiatre :

— Vous me croyez ?

— Je vous crois.

— Mais maintenant, je ne ressens plus rien, docteur, plus rien.

— Monsieur Meyer, si vous ne ressentiez plus rien, vous ne seriez pas ici. Peut-être pourrions-nous essayer de comprendre à quel moment vous avez eu l'impression de ne plus rien ressentir.

— C'est difficile à dire. J'ai été très déçu par la sexualité. Je m'attendais à quelque chose d'extraordinaire. Je pensais que je serais comme mon père : un lion. Remarquez, je ne sais pas si les lions... Enfin... ils ont plusieurs lionnes, dit-il en ricanant. Je voulais être un mâle dominant, sexuellement performant, faire gémir les femmes. Comme mon père. La réalité, c'est que j'étais plus fort pour mettre une femme dans mon lit que pour le reste.

Puis Éric se fige, les yeux dans le vague.

— Qu'est-ce qui vous a manqué le plus ? lui demande Kaplan.

— De voir mon père pleurer, je pense. De pouvoir pleurer avec lui, peut-être. Même si je comprends. Mais moi, j'étais fou d'elle et cet amour qui s'en va comme ça, sans...

— Vous en avez voulu à votre père ?

— Non, au contraire, je l'admirais. Mon chagrin me faisait honte. Je crois que j'avais peur de le décevoir.

— Est-ce à ce moment-là que vous avez commencé à avoir l'impression de ne plus rien ressentir ?

— Je ne sais pas.

— Votre père vous démontre que la mort de votre mère ne le touche pas. C'est, du moins, votre interprétation, n'est-ce pas ?

Éric confirme d'un geste de la main.

— Il vous rend témoin de ses appétits sexuels, mais vous n'entendez que des pas dans le couloir, des bruits. Vous avez rencontré les maîtresses de votre père ?

— Oui, mais il en changeait souvent. Lorsque j'étais là mon père ne parlait qu'à moi.

— Qu'à vous ? Je vois. Il vous a semblé capable d'avoir une relation heureuse avec votre mère ?

— Elle lui obéissait aveuglément. Elle n'avait pas le choix.

Kaplan se penche et ramasse une brindille.

— Vous avez employé une curieuse expression tout à l'heure. Vous avez dit : « j'étais terriblement amoureux des gens que j'aimais ».

— C'est ce que j'étais, j'aurais donné ma vie pour ma mère.

— Pourtant, lorsque Stéphanie Pourtin vous a dit qu'elle vous aimait, cette déclaration a provoqué chez vous une rupture.

— Une rupture ? Oui, c'est vrai. Ça m'a dégoûté.

— Pouvez-vous expliquer pourquoi ?

Éric fait un geste d'ignorance.

— Votre mère est décédée en 1965. J'imagine qu'elle vous aimait... Ça vous dégoûtait ?

— Comment savez-vous que c'était en 1965 ?

Le médecin se mord la joue. Il se tourne lentement vers son patient et plante ses yeux dans les siens.

— Parce que c'est mathématique, monsieur Meyer. Vous venez de me dire par téléphone qu'elle est morte quand vous aviez douze ans. Donc, ça vous dégoûtait ?

— Vous êtes comme moi. Parce que moi aussi les chiffres, c'est... Non ! Bien sûr que non ! Mais je me sentais responsable.

— De sa maladie ?

— Non, de sa vie. De sa vie ? répète-t-il en hésitant sur les mots. Je ne suis plus sûr. Je voulais qu'elle soit heureuse, je crois. Enfin, je ne sais plus vraiment...

— Vous pensez que vous empêchiez votre mère d'être heureuse ?

Éric gratte le sol de la pointe de son chausson, sans répondre.

— Vous pensiez que vous empêchiez votre mère d'être heureuse parce que vous l'aimiez ?

— Je ne sais pas.

— L'aimer était une forme de crime ?

— Je ne sais pas.

— Aimer est une forme de crime ?

— Je ne sais pas, je vous dis !

La violence du ton d'Éric les fige, l'un et l'autre.

— J'ai l'impression que cette idée ne vous paraît pas absurde.

Sourcils froncés, le patient écarte les mains, et examine ses paumes comme si la réponse se trouvait là. Il frôle de l'index son poignet. « Non », se dit-il.

— Quel genre de mère était-elle ?

— Une maman comme toutes les mamans. Très douce, organisée. Un peu sévère. Pas trop.

— Pour quelle raison avez-vous choisi de ne plus parler d'elle ? Vous a-t-elle fait souffrir ?

— Non.

— Vous cherchiez à cacher quelque chose ? Quelque chose de son histoire personnelle ?

Éric se tait. L'œil de Kaplan est sur lui, triste et ironique, sage et interrogatif, avec quelque chose dans la pupille qui se ferme comme les mâchoires d'un piège. « Je vais te tuer, Kaplan », pense-t-il.

La main du psychiatre se glisse sous son coude comme une béquille.

— Marchons vers le pavillon, si vous le voulez bien.

Éric pousse un soupir de soulagement.

— Vous pensiez que j'allais vous abandonner ici ? Comme le Petit Poucet ? Vous avez des cailloux dans votre poche ? Je ne suis ni ogre ni père, monsieur Meyer. Ni ogre ni père, répète Kaplan en chuchotant et en marchant à pas lents vers le bâtiment. Vous comprenez ? Ce n'est pas moi que vous voulez tuer. C'est votre vérité.

Les phrases sont murmurées si bas qu'Éric doute de les avoir entendues.

Au seuil du perron, le médecin s'étire.

— Résumons-nous. Vous avez été placé, enfant, dans une situation de paradoxe qui confine à l'intolérable dans un contexte déjà préoccupant.

Quelque chose ne va pas. Le ton, les gestes. « Une mise en scène », se dit Éric.

— Votre mère, de protectrice, est devenue, à cause de sa maladie, peut-être également à la suite du comportement de votre père, votre protégée et vous instaurez avec elle une relation d'une proximité d'autant plus exceptionnelle qu'elle ne passe plus par l'autorité, donc par le conflit. Or vous savez, comme plus ou moins tout le monde, que l'autorité et le conflit sont nécessaires à la construction psychologique de l'enfant. Elle meurt, poursuit le psychiatre, d'une voix neutre. Vous en souffrez certainement considérablement, mais votre deuil est littéralement violé par votre père qui ne vous donne ni l'opportunité du partage, ni la possibilité de faire vivre en vous, de façon équilibrée, votre mère. Il aurait suffi entre vous d'une seule conversation à son propos pour que les choses se stabilisent mais, malheureusement, ce ne fut pas le cas, n'est-ce pas ?

Éric, désarçonné par une forme de menace qu'il perçoit dans la voix du psychiatre, se tait.

— Le silence permet d'échapper à l'expérience de l'existence... Et si nous ne sommes pas dans l'existence, monsieur Meyer, où sommes-nous ?

Le patient réfrène l'envie de lever le doigt, comme à l'école.

— Dans l'imaginaire ?

— Exactement.

L'accent étrange du psychiatre l'inquiète et il entame un mouvement de recul. « Cet homme est fou », pense-t-il en plissant les yeux. La main de Kaplan pèse sur son épaule comme une enclume. Ses yeux sont comme des braises.

— Monsieur Meyer, cessons cette comédie ! Un homme ne choisit pas d'anéantir le souvenir de sa mère simplement parce qu'elle a été malade ou parce que son père n'a pas eu les gestes qu'il fallait. Pas un homme de votre intelligence. Ça ne tient pas debout. Vous savez ce que disait le bon père Jung ? « Seul exerce une force de guérison ce que l'on est en vérité. » Personne ici ne peut vous forcer à énoncer ce que vous ne voulez pas énoncer. Vous êtes cohérent, rationnel, rien dans votre comportement ne semble révéler autre chose qu'un problème passager, lié à un double choc et à vos habitudes personnelles, probablement aussi à certaines difficultés anciennes qui sont du ressort d'un psychanalyste. Nous pourrions nous contenter de cela, mais je pense que ce serait une erreur. Réfléchissez bien. Prenez votre temps. Nous nous reverrons demain, si vous le souhaitez. Vous pouvez quitter l'hôpital quand vous voulez. À partir de maintenant, c'est vous qui décidez.

Éric jette un regard affolé et scandalisé au médecin, et pousse la porte.

Au réfectoire, il est le dernier. Seul dans la queue du self, il prend au hasard une salade, un yaourt, une pomme, en observant les tables. « Sur quelle espèce de dingue est-ce que je vais encore tomber ? » se demande-t-il en optant pour une table occupée par une femme qu'il aperçoit de dos.

— Vous permettez ?

Elle baisse la tête ; ses joues empourprées sont encadrées d'épais cheveux blonds.

Il étale ses couverts, pose sa serviette sur les genoux. Il voudrait que tout soit net, propre. Sa voisine garde les yeux rivés sur son plateau, immobile. Un instant, il la croit paralysée.

« Qu'est-ce qui lui est arrivé à cette pauvre fille pour qu'elle soit dans un état pareil ? Complètement avachie. Avoir peur des autres à ce point-là... quel déchet ! » se dit-il en avalant son repas.

Un homme s'approche d'eux, la trentaine, visage sévère, bras croisés. Une sale gueule de marlou. Éric se sent poussé sur le côté. L'intrus attrape une chaise et, posant les coudes sur la table, se saisit de l'assiette de la femme et l'examine en faisant la moue.

— T'as rien bouffé, Marguerite ! s'exclame-t-il d'une voix gouailleuse, usée par le tabac.

Il rassemble la bouteille de ketchup, le sel, la moutarde. En un tour de main, la surface de l'assiette est métamorphosée en un visage rieur. Éric reconnaît avec un sursaut d'angoisse les ongles vernis de rouge aperçus lors de sa première visite. L'homme lui montre le dessin :

— T'as vu ? C'est pas beau ça ?

Il saisit un morceau de viande avec sa fourchette, le tend vers les lèvres de la femme et lui dit, d'un ton puéril, comme une maman à son bébé :

— Regarde, c'est joli. Une petite bouchée pour me faire plaisir, ma poupée. Voilà. Un peu de purée maintenant ? Ouvre grand la bouche. Mâche bien. Bonne fille. Tu manges et après on va se faire une petite promenade tous les deux dans le jardin. J'ai gardé le paquet de cigarettes et j'ai un briquet planqué, chuchote-t-il en examinant les environs d'un air suspect. Encore un peu de purée. Tu te laisses aller, Marguerite. Il faut que tu réagisses. Mange !

Becquée après becquée, la patiente avale, sans quitter la table des yeux, puis elle lève brièvement son regard vers l'homme, se penche vers lui et articule d'une voix pâteuse :

— Si tu partais, Patricia, je ne pourrais pas rester.

L'homme ricane et crie à la cantonade :

— Je sortirai quand tous ces crétins comprendront que vouloir changer de sexe ne signifie pas être fou ! D'ailleurs, ça m'est égal, ajoute-t-il en se caressant distraitement la main. Dans quelques mois, je serai une autre femme, belle, blonde, avec des cheveux jusque-là. Retrouver ma garde-robe ! Ma chérie, tu en pâlirais d'envie. Même toi, élégante et raffinée comme tu es, dit-il en soulignant son buste.

Puis il ploie la tête, dans un geste d'agacement feint :

— Tu me fais perdre un temps... Tu as de la chance que je t'aime bien, dit-il en lui enfournant un quartier de pomme dans la bouche. Moi, j'aime les femmes intelligentes, comme toi. Les midinettes, c'est pas mon truc. Je dis toujours : la culture, ça sauve de tout. Avec tout ce que tu connais, les peintres, l'architecture... C'est pas fréquent, les gens cultivés. Toi, tu as de la sensibilité, de l'expérience. Avec ce que tu as vécu.

Éric tente de se lever mais se sent fermement retenu par le bras.

— Marguerite et moi, nous aimons l'Art déco. Sinon, nous n'avons pas les mêmes goûts. Moi, je suis très lyrique : l'opéra, les chansons, la voix. Marguerite n'aime pas ça. Ça la stresse ! C'est une hyperauditive. Avale ! Tu sais, ma chérie, je suis patiente, mais il faut pas trop me pousser. Si tu recraches ce morceau de pomme, je m'en vais. Fais attention ! J'ai de la violence en moi. Si ! Remarquez, je n'ai jamais tapé personne. Mais j'ai un tempérament latin. Vous ne trouvez pas qu'elle est formidable, Marguerite ? Qu'est-ce que vous êtes beau, vous ! Ne faites pas cette tête, je suis en mains.

La femme pouffe. Le travesti se mord les lèvres pour ne pas éclater de rire.

— C'est vrai qu'on est un peu dingues, dit-il avec un petit geste précieux de la main. Mais si tous les gens étaient fous comme nous, le monde n'irait pas si mal. Vous, vous avez une tête d'avocat. Ça vous va bien, d'ailleurs. J'ai les ongles dans un état ! Tu as pensé à dire à ta sœur de m'apporter du vernis ? Tu lui as bien dit coquelicot ? Merci, ma Margot.

Le travesti se tourne vers Éric et scrute son visage.

— C'est quoi ton problème ? Regarde-moi dans les yeux. Tu as du chemin à faire, toi ! Ouh là ! Nous avons notre petit ego. Fier ! Orgueilleux ! Dur ! C'est quoi ton prénom déjà ?

— Éric, marmonne-t-il, ulcéré.

L'homme sert calmement un verre d'eau à sa voisine :

— Bois, tu as besoin de t'hydrater. Marguerite, tu m'écoutes ? Bois ! J'ai connu un ténor qui s'appelait Éric. Très belle voix, mais coincé. Sur scène, tu ne pouvais rien en faire. Un balai. Le genre piquet de bois, et la quéquette en berne en permanence. Inhibé. Un peu comme toi. Je n'ai rien contre, remarque. À quoi ça tient d'ailleurs ? Tu en as qui arrivent sur scène, tu peux tout leur demander. Leur corps est un outil. Ils s'en foutent, ils donnent. Leur problème, c'est d'y arriver. À poil ou vingt kilos de costume sur les épaules : ils donnent. D'autres, tu leur demandes de montrer leur cheville ou de marcher trois pas en diagonale et rien ne va plus. Un artiste, je vais te dire ce que c'est : un artiste, un vrai, c'est quelqu'un qui ne se la joue plus pour lui mais qui se la joue pour les autres. Tu comprends ce que je veux dire ? Et toi ?

— Moi quoi ?

— Tu te la joues pour qui ? C'est quoi ton petit air du Môssieur qui en a plus que n'importe qui dans le ciboulot et dans le portefeuille ? Ça veut dire quoi ton petit côté j'en-sais-plus-long-que-vous-bande-de-merdeux ? Je ne te dis pas ça méchamment. Des gens comme toi, j'en ai vu des tas. Des gens qui se la jouent, sans se rendre compte qu'ils sont seuls sur scène et que, dans la salle, il n'y a pas de public, juste deux ou trois péquins dans les coulisses qui continuent à regarder : les machinistes.

Éric se lève brutalement, rouge de colère.

— Vous êtes un exemple ? Ni homme ni femme. Travelo ! Paumé !

Une poigne de fer sur son bras.

— Rassieds-toi, mon pote. T'as rien pigé. On n'est pas là pour se mettre sur la gueule, merde ! Mon langage te perturbe ? Mon allure ? T'es pas le seul. Assieds-toi, je te dis ! T'en as vu combien des gens comme moi ? Aucun ? Normal. Ton truc, c'est quoi ? Les affaires ? Qu'est-ce qui t'amène ici ? Un trip d'acide ? Toi, tu es plutôt du genre amphétamines ou petite coke. Respire, mon vieux, détends-toi. Arrête de flipper ! Tu te demandes ce que je suis ? J'ai une tronche de mec, une voix de mec et je suis une femme. Une femme ! Toi, tu te crois au-dessus de tout ça ? La réalité, c'est que moi, je sais qui je suis et que mon problème est une simple question d'enveloppe. Toi, mon petit bonhomme, ton histoire n'cst pas aussi simple.

Éric se recule, dégoûté.

— Pas aussi simple ?

— Tu te crois où ? Dans quel monde, dans quelle vie ? Tu penses que ça suffit de se savoir femme, homme, enfant, vieillard pour comprendre ce que l'on fait sur terre ? Là, je te laisse. Faut que j'emmène ma copine au jardin. Marguerite, lâche cette chaise, tu en trouveras une autre dehors.

La femme se fige sur place. Une statue de plomb.

— D'accord, Marguerite. Tu as raison, la chaise a besoin de prendre l'air, on l'emmène.

L'escalier dégage une odeur de grotte, d'eau stagnante, de détergent mêlé à des relents de cire. Le centre de la première marche de pierre bordée de bois est creusé comme une joue de vieillard. Au fur et à mesure de la montée, les marches se redressent, rajeunissent. À croire que les corps s'estompent, se désagrègent en grimpant ou que la pénombre dans laquelle le visiteur s'engouffre l'oblige à frôler le sol de la pointe du pied.

Le chambranle de la porte des Éditions Marchand est, à hauteur d'homme, maculé des traces de doigts et des coups de griffe affolés de tous ceux qui y ont cherché la sonnette ou l'interrupteur. Il n'y en a pas. Il n'y en a jamais eu et, comme dit, répète, éructe, tempête quotidiennement la maîtresse des lieux :

— Ça fait trois cents ans que les gens se débrouillent dans cet escalier sans électricité. Non ! Ça ne changera pas !

Debout au centre de la pièce jonchée de piles de livres, Clémence Marchand observe par la fenêtre le sac de moleskine noire que balance une silhouette recroquevillée traversant la place Saint-Sulpice. Le cabas de nos grands-mères, se dit-elle, usé et inusable, sentant la soupe, le ragoût, le pipi de chat et le vin en bouteille de plastique. La démarche feutrée d'une vie qui s'économise, le regard baissé d'une pensée qui s'épargne.

Dans la pièce, une voix martèle :

— Tu m'écoutes, Clémence ? Je te disais : l'histoire se passe en Alsace, pendant l'Occupation allemande. C'est une sorte de fresque historique sur l'héroïsme des Malgré-Nous, la brutalité des Allemands, la naïveté des paysans alsaciens. Au cœur de l'intrigue, quatre personnages : un prêtre, un instituteur, un menuisier, un soldat. Chaque personnage a son rôle, comme dans la *Missa sine nomine* de Wiechert. Les hommes sont frères ; quatre doigts d'une main et le cinquième doigt, c'est la guerre ! Qu'est-ce que tu en penses ?

— Que c'est une belle idée, Jean, répond-elle distraitement, en triturant une boule de papier dans sa main. Apporte-moi le premier chapitre dès qu'il est prêt.

En refermant la porte, elle maugrée : « L'hôpital Sainte-Ursule, ça nous pendait au nez. »

Pour la dixième fois, elle relit le message.

Chère Clémence,

Éric a été hospitalisé à l'hôpital Sainte-Ursule, le lendemain du jour où je lui ai annoncé mon intention de le quitter. Je t'écris de l'aéroport. J'ai laissé Catherine seule face à cette situation.

Je t'embrasse,

Isabelle

« Typique d'Isabelle », se dit-elle. Trop bien élevée pour demander quoi que ce soit. Celle-là n'avait pas une plainte. Jamais. Elle avançait sur son chemin parallèle, les œillères astiquées, indifférente au fossé rempli des immondices de son mari. Ni victime, ni juge, ni bourreau. Simplement ailleurs.

Clémence croise les mains sur son bureau, l'œil sur la photo de son époux, Alexandre, souriant, adossé au tronc d'un arbre gigantesque. Il ne cessait de lui répéter : « Catherine est seule, trop seule. C'est ma meilleure élève, mais elle s'accroche à moi comme on se rattrape aux branches. Pour oublier la chute. » Elle n'avait pas revu Catherine depuis l'enterrement.

Sept ans de ça.

C'était une magnifique journée de mai. Ils étaient tous arrivés en bloc dans le petit cimetière, Catherine au milieu d'eux, le visage strié de larmes. Un jeune homme à l'allure de criquet avait déployé ses pattes osseuses vers la fosse, sous l'œil des autres étudiants.

— Professeur Marchand, vous aviez coutume de commencer vos cours par une boutade. La dernière était une phrase de Coluche : « Un seul hêtre vous manque et tout est peuplier. » C'était votre façon de nous dire que vous partiez, à nous qui vous pensions enraciné dans nos vies. Vous vous saviez caduque, nous vous voulions persistant. Les Grands Hêtres ne marchandent pas leur mort et celle-là nous coûte cher. Trop cher. Vous étiez, professeur, notre grand marchant, notre Tarzan à nous, les singes des amphithéâtres. On vous suivait, feuille à la main, de tronc en tronc. Depuis vous, sans le latin, la forêt nous emmerde. Vous nous avez appris que l'arbre est la plus belle aventure de l'homme et que l'inverse peut être vrai. Vous étiez notre grand branché à nous, les amateurs de fortes sèves. Les Grands Hêtres ne meurent pas, professeur, vos faînes vous remercient et vous saluent bien bas.

Une branche à la main, il s'était penché vers la tombe.

— *Fagus sylvatica purpurea*, professeur ! avait-il annoncé en jetant une branche dans la fosse.

« Comment se sont-ils concertés pour ce ballet ? » s'était demandé Clémence en les voyant s'aligner en silence, l'un derrière l'autre, tenant une branche, et piétinant la terre sableuse. Elle s'était souvenue de cette manie qu'avait son époux de dire à ses étudiants : « Trois noms en latin, tous les jours ! Mettez vos encyclopédies dans vos cabinets. »

Une jeune femme s'était avancée à son tour :

— *Fagus sylvatica tortuosa*, avait-elle articulé en grimaçant, avant de lancer un rameau d'un geste chancelant.

— *Orientalis*, professeur Marchand, lui succéda un jeune gars au crâne rasé, les yeux rougis.

Catherine s'était avancée, le corps tremblant, tenant à bout de doigts sa ramure couverte de feuilles jaunes.

— *Fagus sylvatica zlatia*, avait-elle hoqueté avant de se détourner, la main sur la bouche.

Les branches de hêtres s'accumulaient, de toute taille, de toute couleur. Appuyée contre son fils, Clémence observait le tas grossir. Assommée de chagrin.

Alexandre lui avait dit : « Donne mes manuscrits à Catherine. Tu verras, elle saura se débrouiller. »

Sur le seuil de la maison, la jeune femme avait hésité un instant, se tordant les mains au-dessus des cartons.

— Je suis désolée que Papa ne soit pas venu.

— Moi aussi.

Jusqu'au dernier moment, Clémence y avait cru. Cru que la mort effacerait tout, réparerait tout. Qu'Éric viendrait. Qu'ils se poseraient quelques heures sur le canapé. Comme avant.

Elle avait ajouté :

— Est-ce qu'il va bien, au moins ?

La jeune fille avait soupiré :

— Aussi bien que peut se porter une pierre.

Noël, le Nouvel An, les anniversaires. Noël, le Nouvel An, les anniversaires. Chaque année passait, poussée par l'autre. Elle se disait : un an depuis la mort d'Alexandre, deux depuis Éric, puis : deux ans depuis la mort d'Alexandre, trois depuis Éric.

— Clémence, quand je serai parti, tu me feras le plaisir de nettoyer tout ce que tu as laissé sous ton tapis.

Elle se souvient d'avoir battu des paupières sous le regard ironique de son mari.

Cette douleur au ventre. « De quoi ai-je peur ? » se demande-t-elle. Elle inspire longuement en se massant le plexus. Si quelqu'un lui posait la question, elle répondrait qu'elle se sent comme un assassin découvert par les flics dix ans après son crime. La lampe braquée :

— Vous avez un alibi ?

— L'alibi, c'est la vie, monsieur le commissaire. La façon dont elle vous tord l'âme, vous rend peureux, stupide.

— Ça vous suffit comme explication ? Vous laisseriez votre chien coincé dans les barbelés ?

Elle revoit l'autocar vert sur la place de la Mairie de Besançon. Elle s'était accrochée, comme une folle, à la poignée de cuir.

— Tu m'écriras du pensionnat ?

— Lâche ma valise, Clémence.

— Tu m'écriras ?

— Oui.

— Je découvrirai le secret, tu sais.

Les yeux d'Éric s'étaient posés sur elle. Plombés d'angoisse. Les premiers poisons lui étaient déjà entrés dans les veines. Le dernier l'attendait. La potion qui rend fou à coup sûr. Sainte-Ursule, c'était mathématique. Est-ce qu'ils lui auront mis une camisole ? L'image d'un homme bavant, au regard vitreux, soutenu par une infirmière maussade et moustachue, surgit dans son esprit.

— Je vous arrête pour infanticide par empoisonnement, homicide par abandon et voie de fait.

— Mais je n'ai rien fait, inspecteur.

— Justement. N'aggravez pas votre cas.

Elle n'aurait pas dû lire ce roman policier. Elle compose un numéro et, en écoutant la sonnerie, se dit pour la millième fois qu'il faudrait changer ce téléphone qui renvoie un écho de sous-marin.

— C'est Clémence Marchand, Catherine. Je te dérange ?

Il déplace le cube noir sur la table, se tourne vers la fenêtre et contemple un instant la lumière de cet après-midi d'été.

— Vous avez décidé de rester ?

— Je n'ai rien décidé. Vous me prenez pour un idiot, Kaplan ? Vous m'avez divisé, chimiquement et mentalement divisé. Je suis là, en face de vous, avec l'envie de tout reprendre à zéro, mais je n'en ai pas la force. J'ai envie d'oublier tout ça, mais je n'ai pas l'énergie de partir. Et vous le savez très bien.

Le médecin fait un geste vague de la main.

— Vous m'avez piégé. Avec vos médicaments et tout le reste. Pourtant, je suis content d'être ici. Ça va vous paraître étrange, mais je suis vraiment content d'être ici.

Les regards des deux hommes se croisent comme deux lames d'acier ternies, émoussées par la vie.

— Vous le saviez, bien sûr, poursuit Éric. Je vais vous dire ce que je pense, Kaplan ; vous n'avez pas vraiment de méthode. Vous n'avez qu'une règle : caler votre comportement sur celui de votre interlocuteur. Je cherche un associé, ça vous intéresse ?

— Non.

— Même à deux cent cinquante mille euros par mois ?

— Deux cent cinquante mille par mois ? Deux fois mon année de salaire ! À soixante-cinq ans ?

Il se gratte le front, fait une grimace, regarde sa montre.

— Le temps. C'est dommage. J'aurais tellement aimé jouer un peu à « Perrette et le pot au lait » avec vous. Donc, disiez-vous, vous êtes content d'être ici ?

Mû par une sorte de ressort, le psychiatre se lève brusquement, ouvre la fenêtre en grand. Son rire explose dans le parc. Derrière lui, celui, aigrelet, d'Éric Meyer fait écho au sien.

— Bien joué, commente le médecin en lui tapant sur l'épaule. Mais le match s'arrête là. Contrairement à ce que vous pensez, j'ai une méthodologie de base et celle-ci consiste à ne jamais devenir un joueur dans une partie qui ne me concerne pas.

Éric s'affaisse dans le fauteuil :

— Il fallait que j'essaye. Il faut que je sois sûr, vous comprenez ? C'est important. Moi, mon truc, c'est de sentir le terrain.

— Rugby ?

— Basket.

— D'accord, mais je ne suis pas dedans. Ni joueur, ni ballon, ni panier, ni public. Pas même la chance. Comment vous sentez-vous ?

— Difficile à décrire. De temps en temps, je me retrouve, et après, je ne sais plus. J'aimerais faire la part des choses, rejoindre le chemin. Je voudrais aussi être capable de vous parler d'elles.

— De votre mère ?

— De toutes les femmes que j'ai aimées vraiment. Ma mère, Clémence, mon épouse, ma fille Catherine. Trouver les phrases. Dire le mensonge et l'amour, parler de l'accélération du temps, dénouer le fil.

— Qu'est-ce que vous entendez par « le fil » ?

— Le sens, le motif, la récurrence, quelque chose qui m'explique pourquoi je n'ai jamais pu vraiment les accepter telles qu'elles étaient sans les blesser.

Le psychiatre se redresse imperceptiblement sans répondre.

— C'est long une journée dans le silence, lorsque rien n'arrête plus la pensée. Ni le travail, ni la maison, ni... Et puis savoir que quelqu'un – vous – est là et m'attend comme... un ennemi nécessaire. Vous voyez, je progresse. J'aurais voulu prendre des notes, mais je n'arrive pas à construire les phrases. Pourtant, c'est simple, tellement simple. Vous êtes juif, n'est-ce pas ?

— Quelle importance ?

— C'est parce que vous êtes juif que je suis venu. Je sais beaucoup de choses sur vous. J'ai lu vos livres.

— Je ne crois pas que ce soit notre propos.

— Détrompez-vous ! réplique vivement Éric. Lors de notre première rencontre, je pensais que j'étais venu voir un spécialiste reconnu sur la place, une célébrité. Vous aviez raison, je ne cherchais qu'une chose : l'absolution. Je m'attendais à ce que vous me parliez des pulsions suicidaires, à ce que vous me disiez que nous ne sommes pas responsables du destin d'autrui. J'étais certain que vous trouveriez un moyen de me déculpabiliser, que je comprendrais grâce à vous ces signes de déséquilibre psychologique qui ont conduit Stéphanie à... Instinctivement, j'ai toujours pensé qu'un juif devait se montrer solidaire d'un autre juif. Vous avez fait le contraire : vous m'avez attaqué. Ce jour-là, vous vous êtes comporté comme un ennemi.

— ...

— Vos deux parents sont morts dans un camp de concentration. Vous avez publié des livres sur ce sujet. En réalité, la première fois, je ne suis pas venu vous voir pour vous parler du suicide de cette femme ; je suis venu à cause de vous, de votre histoire personnelle. J'ai compris ça cette nuit. J'ai fait un rêve : je marchais sur un chemin, celui que mon père et moi-même empruntions le dimanche pour aller à la chasse. Un oiseau énorme s'est brutalement posé devant nous. Il hurlait «*Hier ! Herein !* », «*Ici ! Entrez !* ».

— Il parlait en allemand ?

— Il était en proie à une colère épouvantable, poursuit Éric, il s'est précipité sur moi avec l'intention de me planter son bec dans les yeux. À quelques centimètres de mon visage, son bec s'est transformé en bouche, sur sa langue se trouvait une étoile, une étoile de David. Les cris se sont faits murmures et c'est votre voix que j'entendais, récitant à flots continus : «*Hier, Herein, Hier, Herein.* » Les mots s'enroulaient comme des tentacules autour de mon corps. La souffrance était horrible. Je me suis réveillé brusquement et j'ai passé le reste de la nuit à réfléchir. Ces mots, ma mère les prononçait en parlant à notre chat. Je sais que c'est parce que vos deux parents sont morts dans un camp de concentration que je suis ici.

Le psychiatre ne bronche pas.

— C'est une curieuse expérience que de découvrir la vérité par hasard et de mettre des années à comprendre vraiment ce que cette vérité contient. Docteur, qu'est-ce que vous lisiez à dix ans ?

— À dix ans ? Je ne sais plus. Bosco, peut-être. *L'âne Culotte*. Pagnol, *Arsène Lupin*...

— Nous aussi.

— Nous ?

— Clémence, mon amie d'enfance, et moi. Nous avions une passion pour *Arsène Lupin*. Et pour Serge Dalens. En particulier pour l'histoire du Prince Éric : *Le Bracelet de vermeil.* Vous avez lu ce livre ? Non ? Deux gamins, Christian et Éric, sont liés par une amitié extraordinaire. Éric, qui est un prince de sang, porte au poignet un bracelet sur lequel des chiffres sont inscrits. Ces chiffres, qui sont les codes d'un secret familial dramatique, conduisent le jeune homme à devoir accepter une mission de vengeance.

— Oui ?

— Ma mère portait six chiffres à son poignet, tatoués.

Le psychiatre blêmit et laisse tomber son crayon sur le sol.

— Nous avions dix ans, docteur, personne ne nous avait jamais parlé des camps. Je ne savais même pas que j'étais juif. Mon père vient d'une famille laïque et ne pratiquait, comme ma mère, aucune religion. Clémence et moi avons bâti un roman. Pendant des mois, nous l'avons épiée. Nous avons tout fouillé dans la maison. Nous voulions percer le mystère et connaître la terrible mission dont j'étais chargé. Nous en parlions presque tous les jours. Ma mère m'avait dit que c'était un secret et qu'il ne fallait surtout pas en parler, à personne, qu'un jour je comprendrais. Mais l'histoire ne s'arrête pas là... Ma mère est tombée malade lorsque j'avais huit ans. Deux ans plus tard, elle ne pouvait plus quitter sa chambre. Les deux premières années, elle les a passées dans un fauteuil, les dernières dans un lit. Nous avons surpris un jour une conversation entre mon père et un de ses amis. Des bribes de phrases, pas grand-chose. Tout ce que nous en avions retenu c'est qu'après le camp elle s'était retrouvée « dans une taule à Dijon ». Nous avions aussi entendu le mot « bordel ». C'est tout. Nous avons regardé dans le dictionnaire pour essayer de comprendre.

— Tu as dit quoi, déjà ? lui demanda Clémence.

— « Taule ».

— Ça s'écrit comment ?

— Je ne sais pas. Regarde à *to*.

— *To*... « toit »... plus loin. « Tôle » ! Je lis : « Plaque de fer battue dont on fait des poêles et autres ouvrages. » Qu'est-ce qu'il a dit, ton père ?

— Il a dit : « Après le camp, elle s'est retrouvée dans une taule à Dijon. »

La gamine mordit son crayon.

— Dans *Arsène Lupin*, il est écrit que derrière un mot se cache un autre mot. Il faut être « systératique » ?

— « Systératique » ? Tu veux dire systématique.

— Oui. D'abord, il faut écrire tout ce qu'on sait, et ensuite, deviner le mystère qui se cache derrière. Dans les livres de Maurice Leblanc, c'est la chose à laquelle on ne fait pas attention qui devient importante. Dans *Fantômette*, c'est pareil. Tu étais dans l'escalier, ton père parlait à son ami. Il a dit : « Elle en meurt », et ensuite : « Après le camp, elle s'est retrouvée dans une taule à Dijon. » Qu'est-ce qu'il a répondu, son ami ?

— Il a chuchoté quelque chose. J'ai entendu le mot « bordel ».

— « Bordel » ? C'est un gros mot, ça. Donc, il ne devait pas être content, Jean dit ça tout le temps : « Bordel ! bordel de merde ! » Attends, je regarde dans le dictionnaire et après ça, on va chercher Anatole. Son père doit déjà être en train de lui crier dessus. Il faut se dépêcher. *Bo*... « bois », « bord »... « bordel ». Je lis : « Le bordel est un lieu où l'on s'adonne à la prostitution qui est une pratique de la débauche. C'est un terme trivial. »

— La débauche ? C'est un truc d'ouvrier. Les hommes de l'usine disent tout le temps : « Je débauche à onze heures », ou je ne sais pas quoi. Regarde à « débauche » pour voir.

Elle tourna les pages.

— J'y suis. « Débauche » : « Usage excessif ou déréglé de tous les plaisirs des sens, notamment de ceux de l'amour. » « Plaisir des sens... » Comme si on pouvait trouver du plaisir dans les sens. Il est trop vieux ce livre.

Éric se leva en bâillant.

— Ferme ce dictionnaire, Clémence, en route. « Trivial »... je ne sais même pas ce que ça veut dire. Dépêche-toi, Vidal la mygale va arriver.

« Vidal la mygale » : l'infirmière de sa mère. Elle aussi portait une blouse blanche. Comme ce toubib, devant lui. Il n'avait pas fait le rapprochement.

— Pendant des années, poursuit-il après une pause, nous avons essayé de reconstituer le code secret. Le camp, les chiffres, Dijon, taule. Nous avons épluché chaque mot dans le dictionnaire. Nulle part il n'était question de camp de concentration. Le terme de prostitution apparaissait dans une définition à laquelle nous ne comprenions rien. Nous avions la télévision, mais, à l'époque, personne ne parlait de ces sujets, et surtout pas les parents. Besançon, c'était la province. Une province calme, sans histoire. Deux semaines avant qu'elle meure, j'ai compris la signification du mot prostitution. À cause d'un tableau. Un *Noli me tangere* d'un artiste obscur.

Dans une salle du musée des Beaux-Arts de Besançon, le groupe d'enfants faisait cercle autour d'une jeune femme, qui pointa le doigt vers un tableau.

— *Noli me tangere* : ne me touche pas. C'est une œuvre d'un artiste italien. J'imagine que vous avez appris au catéchisme cet épisode de la vie du Christ ?

Éric jeta un regard atterré à Clémence.

— Le Christ est ressuscité, expliqua la guide, il est sorti du tombeau. La première personne qu'il croise est Marie-Madeleine, l'un des personnages les plus mystérieux du Nouveau Testament. Qui était Marie-Madeleine ? Une sainte, une prostituée ? En réalité, nous ne le savons pas. Tant de choses ont été dites sur elle ! Elle était la seule femme disciple du Christ, celle qu'il a choisie comme premier témoin de la Résurrection. Il tend le bras vers elle et lui dit : *Ne me touche pas, car je ne suis pas encore monté vers le Père. Mais va trouver mes frères et dis-leur : « Je monte vers mon Père et votre Père, vers mon Dieu et votre Dieu. »* Elle devient la messagère du Christ. Il ne la repousse pas, son geste est doux. Elle n'a pas peur ; l'homme qui la contemple est admiratif et tendre. Tu as une question, mon petit ?

Un gamin baissa le bras en rougissant.

— Qu'est-ce que c'est une prostituée ?

Deux enfants s'esclaffèrent sous le regard courroucé de la maîtresse.

— Il n'y a pas de quoi rire ! s'énerva la guide, la prostitution est une plaie de l'humanité. Elle consiste à vendre son corps pour de l'argent. C'est le pire destin pour une femme car celles qui pratiquent la prostitution se retrouvent au ban de la société. Elles sont considérées comme des femmes perdues. Le Christ a toujours aimé et protégé ceux qui n'avaient plus rien. Un peu de silence, vous n'êtes pas dans une cour de récréation !

Clémence attrapa sa main :

— Éric ! C'est le mot du dictionnaire. Tu m'entends ?

Le psychiatre lui tend un verre d'eau, qu'il boit rapidement. Il ne pensait pas possible de pleurer devant un autre homme. Sans avoir honte.

— Pour les chiffres, poursuit-il, l'explication m'a été donnée par un professeur du lycée, pendant un cours d'histoire.

Le professeur Romain. Il le voit encore, avec sa barbichette et ses yeux pétillants, dire comme dans un rêve : « Je connaissais quelqu'un qui s'était retrouvé là-bas, à Auschwitz ; René Stein, mon professeur de latin. Je l'ai revu après la guerre, par hasard. Il m'a raconté. Je n'ai jamais pu oublier l'expression de son visage lorsqu'il a tiré sur la manche de sa veste pour me montrer son tatouage. »

Éric s'était écroulé d'un bloc sur le sol de la classe.

— Ma mère a été internée à Auschwitz. En avril 1944, précisément. J'ai consulté les archives. En janvier 45, elle a fait probablement partie des déportés libérés par l'armée russe. Après, plus de trace, rien. J'ai tout imaginé. Une femme rescapée des camps, sans famille, sans argent, sans diplôme. Pourquoi Dijon ? Elle avait dix-sept ans. Je n'ai jamais pu reconstituer le puzzle. Jamais.

Robert Kaplan fait un léger mouvement de la main pour l'engager à poursuivre.

— Peut-on vivre normalement en sachant que sa mère a été employée dans un bordel après avoir été enfermée dans un camp ? Le peut-on ? Je ne dis pas qu'à chaque fois que j'ai fait l'amour avec une femme, j'y ai pensé. D'ailleurs, je n'y ai jamais pensé. C'est aux hommes que je pensais. Aux hommes sur elle, aux hommes qui utilisent des femmes comme elle. En réalité, ce n'est pas vraiment à cela que je pensais, poursuit-il en tapant du pied, j'imaginais sa peur, sa solitude, la faim, la haine qu'elle a dû ressentir envers les hommes. Cette histoire de chiffres, ce n'était rien au départ : un petit mystère partagé entre deux gosses, un roman de la Bibliothèque rose. Mais les mots étaient là, ancrés. Je ne me suis rendu compte de rien, mais à chaque fois qu'un morceau du puzzle trouvait sa place, le livre changeait de registre et je me sentais de plus en plus étranger aux autres, de plus en plus proche d'elle. Tout ce qu'elle a pu vivre, tout ce que je me suis imaginé de ce qu'elle avait subi est devenu une partie de moi-même.

— Permettez-moi une question, l'interrompt Kaplan en griffonnant rapidement dans son cahier. Dans notre entretien précédent, vous avez répondu affirmativement lorsque que je vous ai posé la question : « Vous pensiez que vous empêchiez votre mère d'être heureuse parce que vous l'aimiez ? » Pourquoi ?

— Docteur, soupire Éric, le mot « bordel » était défini dans le dictionnaire comme un lieu de débauche. Et la débauche était, dans ce même dictionnaire, une forme de dérèglement de l'amour. À l'époque, lorsque l'on disait « amour », il n'était pas question de « relations sexuelles », et j'avais douze ans ! Dans mon crâne de gosse, je m'étais imaginé que plus ma mère m'aimerait, plus elle souffrirait. Tout était confus dans ma tête et je me sentais coupable ; je n'osais pas avouer à mon père que je m'étais conduit comme un sale petit espion, et lui-même... je crois que tout ça lui pesait énormément. Je ne voulais pas en rajouter.

— Mais plus tard, pourquoi ne pas lui en avoir parlé ?

— Plus tard ? J'avais compris, mais c'était trop tard. Je n'avais plus envie d'en discuter. Et puis ma mère m'avait fait jurer le secret. Pourquoi aurais-je dû ressasser le passé ? Je suis un homme arrogant, c'est vrai, ajoute-t-il en baissant la tête, pourtant, je suis honnête et parfaitement lucide en vous disant que j'étais un gosse intellectuellement brillant. Apprendre, pour moi, n'était rien. J'étais un élève exceptionnellement doué. Je suis entré à Polytechnique à dix-huit ans et, de là, je n'ai jamais voulu qu'une chose : réussir.

— Avez-vous parlé à votre père de ces épisodes « secrets » de la vie de votre mère ?

— Une fois, le soir où nous avons célébré ensemble mon entrée à Polytechnique. J'ai pris mon courage à deux mains et je lui ai demandé où il l'avait rencontrée. Il m'a raconté ce que je connaissais déjà : une orpheline, recueillie toute petite par un couple de paysans, décédés tous les deux avant le mariage de mes parents ; il l'avait connue à la faculté de Besançon. Je lui ai dit ce que je savais et je lui ai enjoint de m'avouer la vérité. Il m'a regardé comme un ennemi. « Je t'ai dit qu'elle était orpheline. Elle n'avait pas de famille. Tu entends ? Pas de famille ! » J'ai insisté. Les chiffres au poignet ? Qu'est-ce qu'elle faisait à Dijon ? Pendant quelques secondes, j'ai vraiment cru qu'il allait parler. Et puis non... Il a ouvert le menu et il a commandé un dessert : une crème brûlée. J'ai encore devant moi l'image de la petite cuillère qui s'abat en tremblant sur la surface de l'entremets. Sur le moment, j'ai eu l'impression que le caramel qu'il était en train de briser en mille morceaux, c'était moi. Il n'a plus dit un mot. Aller plus loin, à quoi bon ? Mon père était un homme détruit, complètement renfermé sur lui-même, et dont les seuls exutoires étaient les femmes et l'alcool.

— Mais elle, lorsque vous étiez enfant, elle devait bien vous raconter des choses du passé.

— Non. Elle parlait très peu d'elle et mon père ne lui donnait jamais la parole.

— Donc, vos parents s'étaient mis d'accord entre eux pour ne rien dire ? Ils s'entendaient bien ?

— Ils ne se disputaient jamais. Mon père régentait tout. Elle obéissait comme une esclave. Pour être honnête, la maison était rapidement devenue une sorte d'hôpital, l'atmosphère était sinistre.

— Vous ne me donnez pas l'impression d'avoir beaucoup d'admiration pour votre père. Pourquoi l'avoir imité ?

— Détrompez-vous. Enfant, j'avais un respect considérable pour mon père. Imité ? Que pouvais-je faire d'autre ? Plus tard, beaucoup plus tard, j'ai réalisé brutalement, mais trop tard, que, ce soir-là, mon père attendait de moi une question.

— Quelle question ?

Il s'y voit encore dans ce petit bistrot à deux pas du Panthéon : la ruelle étroite, la terrasse respirant l'été, leur fierté qui couronnait la table d'un arc-en-ciel.

De là où ils étaient, on apercevait le haut du porche de l'École polytechnique. La patronne servait le champagne. « Une bouteille, et du meilleur ! s'était exclamé son père, mon fils entre à Polytechnique ! » « À Poli quoi ? avait ri la femme, histoire de plaisanter. Allez, la première coupe est offerte par la maison. » Qu'importe l'argent, qu'importe l'heure. Leurs yeux s'ouvraient. L'avenir d'Éric leur pénétrait à flot dans les veines. Il y aurait une maison en Provence, des enfants blonds, leur nom, Meyer, inscrit quelque part, au gouvernement peut-être. Tout leur serait facile. Ils disaient « nous », comme si cette bataille, ils l'avaient menée à deux. Si seulement Éric lui avait demandé, les yeux dans les étoiles :

« Toute l'infortune du monde
Et mon amour dessus
Comme une bête nue »

au lieu de cette phrase, lâchée comme une giclée de boue au-dessus de l'assiette de coquilles Saint-Jacques : « Tu me dois la vérité, Papa ! »

S'il avait lancé ces vers au cœur de leur nuit partagée, les premiers mots de son père auraient été : « Éric, le monde n'était pas facile. Toute cette mémoire... » Il aurait offert à son père son regard d'enfant, futur Prince du monde, et bras dessus bras dessous, déambulant autour du Panthéon, se désignant l'un à l'autre toutes les marques du Temps, parlant par bribes, s'effleurant l'un l'autre, avec douceur, de leurs mémoires à vif, la Vérité de Myriam se serait posée, gracile et fragile. Ils l'auraient ensemble déshabillée de tous ces haillons de désespoir, de ce *fatum* invraisemblable. Leurs larmes auraient lavé ce corps maculé de crachats. Elle, Myriam, serait revenue entre eux, triomphante et docile, aimée et regrettée.

— Plutôt que cette ombre sale. Le destin tient à si peu de chose, docteur. Je suis sûr qu'il m'aurait raconté ce que cela signifie que d'aimer quelqu'un qui a connu « toute l'infortune du monde ».

Éric passe une main tremblante dans ses cheveux.

— Être un héritier de la haine, de cette haine-là, c'est... Je ne sais pas très bien comment l'analyser. Cette différence, toujours cette différence qui vous tient au-dessus de la compassion, de l'acceptation de l'autre. On revient toujours à ses blessures, n'est-ce pas ? Comme si le pire ou le douloureux restait le plus urgent à vivre.

Le psychiatre écrit un instant, silencieusement. Une ride profonde barre son front.

— En 1945, votre mère est libérée, probablement soignée, prise en charge, mais cela ne dure qu'un temps. Imaginons, nous ne pouvons rien faire d'autre ; elle ne connaît personne, elle est vraisemblablement seule, vulnérable. Comment avez-vous la certitude qu'elle se soit retrouvée dans cette maison de passe de Dijon ? Vous avez entendu une phrase, des mots, mais vous n'avez découvert aucune preuve, c'est cela ?

— Vous connaissez les Renseignements généraux, docteur ? J'avais un contact là-bas. Je lui ai raconté un mensonge, l'histoire d'une connaissance éloignée.

Un archiviste a retrouvé la trace d'une Mlle Levy dans le dossier d'une maison : La Roseraie. Et une note : « Rescapée des camps. »

— Rien d'autre ? Aucune précision ?

— Non. Ce jour-là, j'ai pris ma décision. J'ai brûlé tous nos souvenirs, tous ses papiers. J'aurais pu me contenter de ça... Mais j'y arrivais pas ! Quand on me demandait comment était ma mère, je répondais que je ne l'avais pas connue. Je me suis libéré de toute cette histoire pour ne plus avoir à en parler. À partir de là, c'était fini. Fini, vous comprenez ? J'ai falsifié mon livret de famille. Coupé les ponts avec Besançon.

— Pourtant votre amie Clémence était bien au courant ?

— Je lui ai fait promettre de garder le secret.

— Et votre père ?

Il s'était assis sur la chaise de paille du jardin, sa bouteille de rouge en main poussant de sa canne les albums de photographies qu'Éric jetait. Pour qu'ils brûlent mieux. Et il répétait d'une voix avinée : « Ça fait du bien. »

Face à ses étudiants, Kaplan aurait dit : meurtre de la mère, amputation psychologique. Pour les mettre sur la voie. Mais la vie n'est pas une théorie.

— C'est à ce moment-là que vous avez commencé à prendre de la cocaïne ?

Éric ne sait plus. Il se dit qu'il y réfléchira plus tard.

— Et votre épouse, pourquoi ne pas lui avoir parlé ? Vous étiez, j'imagine, proches ?

— Raconter cela à quelqu'un qui a tout eu à la naissance : un nom, une famille immense et respectable, c'est trop compliqué. Je voulais conquérir, pas gémir.

— Un couple ce n'est, a priori, pas une conquête, mais un partage.

— Un partage ? Qu'avais-je à partager avec mon épouse, d'égal à égale ? Je venais de rien, je n'avais pas de famille, pas de mémoire, pas d'argent ; mon intelligence pour seul bagage ! Ils étaient des dizaines, une tribu en face de moi, vivant tous dans des appartements somptueux, bourrés de certitudes, de valeurs, de facilités, avec des histoires familiales magnifiques. La propre mère de ma femme s'était engagée dans la Résistance, son arrière-grand-père a donné son nom à un boulevard parisien et son père était non seulement un grand patron, mais il s'offrait, par-dessus le marché, le luxe d'être à l'avant-garde du management. J'étais quoi, moi ? Un petit provincial, issu d'une famille de gens bien trop apeurés pour se reproduire au-delà de moi. Je lui aurais dit quoi ? La maison de Besançon ? Mon père ? L'histoire de ma mère, du moins ce que j'en sais ? Ma femme aurait été incapable de garder ce secret. Vous avez fréquenté les salons parisiens, docteur Kaplan ? Ne trouvez-vous pas que l'on y apprend vite à se taire ? Vous imaginez ce que mon histoire aurait pu devenir dans ces cercles ? La cruauté de la haute bourgeoisie est sans limites. Je ne voulais pas que l'on me lynche avec mes propres souvenirs. Quant à ma fille, je devais lui dire que sa grand-mère avait été dans une maison de tolérance ? Vous imaginez le résultat ?

La main droite d'Éric se lève et s'abaisse. Se lève et s'abaisse.

— Vous avez lu *Belle de jour* ? finit-il par demander.

— Non, j'ai vu le film, il y a des années.

— Vous vous souvenez du personnage de Séverine ?

— Incarné par Catherine Deneuve ? Qui ne s'en...

L'idée vient au psychiatre comme un vertige. Il la chasse. Ce serait absurde.

Éric ferme les yeux, respire profondément. De longues secondes s'écoulent avant qu'il n'ouvre les paupières.

— Catherine. Comme ma fille.

L'homme qui, quelques minutes auparavant, disait, plein de morgue et d'ironie : « Je cherche un associé, ça vous intéresse ? » est maintenant un corps tassé sur lui-même. Un vieillard fragile et tourmenté.

— Cet enfant qui arrivait. Je m'étais imaginé portant à bout de bras un fils, sorti du ventre de mon épouse. Un renouveau. Tout s'effacerait. Seul l'avenir compterait. Quand ils m'ont évacué de la salle de travail, j'avais dans les oreilles la sirène du moniteur et dans les yeux l'expression angoissée de l'obstétricien. L'accouchement se passait mal. Il fallait faire une césarienne. J'étais seul dans le couloir. Terrifié. Ma mère était là. Là, en moi ! Je lui parlais, je la suppliais. Le pire, au cœur de cette terreur, c'était la mémoire. Auschwitz. La maison close. Mon père. Je me répétais : notre famille est maudite. Maudite.

Éric essuie son front trempé de sueur, se tait quelques instants et reprend son récit :

— Quand je me suis retrouvé devant cette petite fille, qui vivait, quand j'ai vu ces membres qui s'agitaient, quand j'ai réalisé que ce cœur battait, et que face à elle je n'étais plus rien, juste une accumulation de souvenirs désastreux et d'espoirs mêlés à tant d'images qui s'entrechoquaient dans ma tête, *Arbeit macht Frei*, les Renseignements généraux, les robes à manches longues de ma mère et tout le poids du silence, je me suis dit : ce que je vis est surréaliste, comme dans un Buñuel, comme dans *Belle de jour*. Alors, j'ai dit à mon épouse : « Elle s'appellera Catherine. » Comme Catherine Deneuve. Une évidence. Une évidence aberrante. Entre Séverine, la bourgeoise, et ma mère, le seul rapport était la maison close. Mais c'est comme ça que cela m'est venu. Comme ça. Et dire que je suis polytechnicien !

Le docteur Kaplan plisse les yeux et observe son patient, longuement. Le front haut, moite, les paupières qui battent trop vite. À chaque clignement, une lumière différente. Comme un phare, du rouge au vert. Écueil. Espoir. Enfermement. Attente. Trouver pour ce bateau fantôme le passage vers le port ? Il sourit à Éric. D'un sourire pâle et ennuyé. L'image d'un canon actionné par un dieu invisible lui vient à l'esprit, puis lui revient en mémoire la phrase de son oncle Jacob : « Robert, tu es un scribe en blouse blanche. » Il entend sa propre réponse : « Je suis aussi un homme qui coule les navires fantômes, oncle Jacob. »

Alors, le psychiatre se penche, ramasse le crayon tombé par terre. Il le soupèse, l'examine, attentivement.

— Comment savoir si la mine est cassée à l'intérieur, et à quel endroit ? Le problème vous tombe toujours dessus quand vous avez oublié l'accident. Vous ne vouliez pas que l'on vous « lynche » avec vos propres souvenirs, me disiez-vous, et vous donnez à votre fille le nom d'un personnage de prostituée. Vous avez beaucoup d'amis, monsieur Meyer ?

— Quel est le rapport ?

Robert pose le crayon et le fait glisser vers son interlocuteur, à l'exact parallèle de la bordure du bureau, sans répondre. On entend une sirène dans le lointain. Éric fixe le crayon. Tétanisé.

— Je suis un homme respecté, finit-il par articuler d'une voix mal assurée. Respecté, insiste-t-il faiblement.

D'une main tremblante, il saisit le crayon, le caresse du bout des doigts et le pose délicatement sur le cube noir.

Les deux hommes s'observent. Chacun dans sa pensée. Qui rejoint celle de l'autre. Un même diapason. Une note aiguë. Douloureuse. Les doigts du psychiatre qui pianotent sur le plateau de la table. Qui pianotent dans l'air. Cherchant la partition. Un geste étrange. Puis la fenêtre qui claque. Puis le froissement des feuilles de platane déplacées par la brise.

— Puis-je vous demander quelle serait votre définition du silence ? Ce silence que vous avez choisi de garder sur votre mémoire ?

— Je dirais que ce silence a été une protection.

— Contre quoi ? Et contre qui ? demande le docteur Kaplan en faisant, du bout de l'index, basculer le crayon sur la table.

Éric réfrène l'envie de reprendre le crayon. Il lance un regard indigné au médecin.

— Pourquoi faites-vous cela ?

— Parce que ce crayon n'était pas à sa place sur ce cube. Pas plus que la vôtre n'est de rester sur le piédestal de « l'infortune du monde ».

— Un piédestal ? s'exclame Éric, suffoqué.

— Vous le dites vous-même. C'est écrit là, répond le psychiatre en pointant du doigt une phrase dans son cahier : « Cette différence, toujours cette différence qui vous tient au-dessus de la compassion, de l'acceptation de l'autre. » Au-dessus ! L'autre dont vous parlez, c'est votre père, votre mère, vous-même et l'ensemble de l'humanité, y compris moi et les millions d'êtres avec qui vous partagez ce que vous appelez votre « différence ».

Le psychiatre se lève, marche de long en large, les mains croisées derrière le dos.

— Ce que l'on veut bâtir sur le plan social avec ce qui s'impose face à un projet personnel est une chose. Dresser un écran entre soi et la vérité pour s'enfermer dans un système en est une autre. Malheureusement, nous sommes nos seuls outils, et, en réalité, notre socle est notre vérité, aussi amère soit-elle, aussi brisée soit-elle. Votre mère a subi un calvaire. Que vous le vouliez ou non, c'est votre héritage et celui de votre famille. Son destin particulier après la Libération relève du mystère.

— Du mystère ?

Le psychiatre confirme d'un mouvement de tête.

— Levy est un patronyme très répandu. Et votre mère, s'il s'est vraiment agi d'elle, a très bien pu avoir été employée comme comptable ou femme de ménage dans cette maison de tolérance. Ce que l'on ne sait pas, on ne le sait pas.

— Mais mon père n'aurait pas récité sur sa tombe...

— Conditionnel. Spéculation. Conjecture. Hypothèse. Pensez-y, l'interrompt Kaplan. Vous êtes un homme de terrain, me disiez-vous. Vous aimez donc le jeu. Quel est l'adversaire d'un « joueur », monsieur Meyer ?

Éric, surpris, répond sans réfléchir.

— L'adversaire d'un joueur ? C'est un autre joueur, docteur. Tout le monde est l'ennemi de tout le monde.

Le psychiatre se rassied.

— L'ennemi ? Décidément, c'est un terme auquel vous semblez tenir. Je suis moi-même votre ennemi, un ennemi sans pouvoir, m'avez-vous déclaré.

Sa paume chasse de la table une poussière invisible.

— Sans réaliser que ce n'était pas de moi que vous parliez, mais de vous. Savez-vous que l'on ne voit jamais que soi dans les rêves ?

— Que soi ? répète Éric, abasourdi.

— Je ne suis donc pas non plus la voix qui prononçait les mots « *Hier, Herein* ». Cette voix était la vôtre. De même que vous n'avez pas cherché à me tuer, mais à tuer quelque chose en vous. Ce jeu est une partie à deux personnages ; l'un s'est fabriqué un masque, l'autre vit dans un roman. Mais quel est l'objectif de cette partie à laquelle personne n'assiste, à part son seul acteur, donc vous ? Car il n'y a personne d'autre. Pas même votre mère. En tout cas, pas en tant que telle.

— Et il n'y a pas d'arbitre. Plus de public pour regarder. Sauf des machinistes, commente Éric en frissonnant.

— Que voulez-vous dire ?

— Cet homme dans la salle commune, le travelo, il m'a dit quelque chose comme : « Il y en a qui se la jouent sans s'apercevoir qu'il n'y a plus personne dans la salle, qu'il ne reste plus que les machinistes. » Vous êtes un machiniste ?

— Je vous le répète, je ne suis personne, monsieur Meyer. Pas même un machiniste qui viendrait planter un décor. Je ne suis ni ennemi, ni ami, ni miroir, ni vérité, ni passé, ni présent. Je ne suis qu'une chose : un questionnement. Du moins, un début.

Il tourne rapidement les feuilles du cahier.

— Tant de littérature ! *Le Bracelet de vermeil*, *Belle de jour*, les Évangiles, ce conte du Car-Hibou. Ce terme de « roman » que vous utilisez à propos de votre mère. Des histoires se bâtissent ailleurs que dans la réalité. Qui êtes-vous exactement dans tout cela ? Un héros, héritier d'une mission ? Et qui est votre mère ? Une femme en souffrance, portant sur ses épaules « l'infortune du monde » ? Comment en a-t-elle témoigné ? Et qui est votre fille ? La Séverine de *Belle de jour* ? Dans son cas précis, il me semble heureux que la réalité n'ait pas rejoint votre imagination.

Éric se redresse brusquement. Un instant lui vient l'envie de quitter la pièce en courant. Il se frotte le visage. Longuement. Il ne s'attendait pas à sa propre colère.

— Pourquoi faites-vous ce métier ? Pour devenir personne ? Vraiment ? demande-t-il d'une voix hésitante, qu'il voudrait ironique et glacée. Vous n'avez pas l'impression de régler des comptes personnels ? Comment osez-vous me parler sur ce ton ?

Le psychiatre se penche en avant, les doigts croisés devant les lèvres, le regard fiché sur la table. Il pense à son oncle Jacob agitant l'air avec ses bras maigres : « Tout cela n'est qu'un vaste malentendu, Robert. » Il ressent une fatigue soudaine, presque un ennui. Le hurlement de Rachida, le matin même : « Votre cuisinier, c'est une merde, docteur, un salaud, il a essayé de me violer ! » Deux années avec elle et pas un progrès, pas l'ombre d'une piste. Une jeune fille de vingt-deux ans. Il pense au père de Rachida, à ses mains tremblantes, à ses larmes sur ses vieilles joues : « Nous avons toujours fait pour le mieux, docteur. Ce n'est pas juste. »

Pas juste.

Non. Pas juste. Du tout.

Où, à quel moment, et pourquoi s'est insinuée cette pathologie dans ce corps magnifique ? Et ce Meyer qui lui avait dit : « La schizo ? Il suffit de se pencher. J'avais un poney qui, comme elle, n'aimait pas que les gens le regardent de haut. » S'il savait, se dit-il en observant son patient jeter des regards éperdus autour de lui, que Rachida ne l'agresse pas parce qu'il porte l'uniforme de Sainte-Ursule. Elle ne ferait pas trois pas sur un trottoir sans planter ses ongles dans les yeux du premier homme venu. Et s'il savait pour le légionnaire ? Colonel Durand. Vingt années de service. Dix-huit mois à Sainte-Ursule. Le cerveau coincé dans la méthode militaire. Des heures de travail. Pour rien.

Son histoire à lui remonte jusqu'à une ferme de la Creuse ; le sale parcours d'un homme haï par son père. L'Afghanistan et les moutons dégommés par les Américains appartiennent à la Légende de Sainte-Ursule. Comme le concours de poèmes de l'ingénieur et de l'Énarque qui s'accrochent l'un à l'autre, mais pas par goût l'un de l'autre. Ou si peu.

— Pourquoi je fais ce métier ? À votre avis ?

Éric respire par grandes bouffées pour évacuer la fureur.

— Je ne sais pas.

— Pourtant, c'est précisément la raison pour laquelle vous êtes venu à moi. Parce que je suis juif. Et que mes parents sont morts dans un camp de concentration. J'avais effectivement un compte personnel à régler. J'avais un rêve, un objectif, une hantise : je voulais guérir les blessures mentales des déportés, ou celles de leur famille, de leurs proches. Pourquoi ? Parce que j'ai été élevé par des gens qui m'avaient convaincu que j'avais en moi cette capacité de devenir un *tzadik* moderne, comme disait mon oncle Jacob, un sage. Un homme capable de comprendre la douleur et de la soigner. Celle-là en particulier. Vous savez combien sont venus à moi ?

— Des centaines ? Des milliers ?

— Un, répond tranquillement le psychiatre. C'est vous. À chaque fois que j'ai voulu, par un biais ou un autre, m'approcher de ces destins, quelque chose m'en a empêché. C'est du moins ce que je me suis dit. Il m'a fallu du temps pour comprendre que je n'étais que moi, et non pas un guerrier en armure d'or et d'acier qui de la pointe de son sabre réparerait les dégâts. L'infortune du monde, monsieur Meyer, aime à manipuler les hommes, selon ses caprices, comme vous le savez maintenant. Ce premier patient qui viendrait à moi, avec sa mémoire à vif, je me le suis figuré, pendant mes années d'études, dans mes premiers moments d'interne à l'hôpital. J'avais tout préparé ; mes gestes, mes phrases...

Il croise les bras sur son ventre. Les doigts de sa main droite effleurent les petits reliefs qui courent sur son flanc gauche. « La vie vous réserve de ces ironies », pense-t-il. Roger Martineau l'avait attendu au bas de son immeuble, lui avait coincé le cou dans le coude. « Je vais te saigner, Kaplan. »

— À quoi pensez-vous, docteur ?

— Vous fumez, monsieur Meyer ? demande le médecin en sortant de sa poche un paquet de cigarettes et une feuille chiffonnée.

Les deux hommes fument en silence. Éric attire vers lui la feuille maculée de taches de couleurs et, après un geste d'approbation du médecin, la déplie.

— C'est amusant, murmure-t-il, Catherine mettait aussi des rayons verts et bleus autour du soleil du matin.

Il saisit le crayon et écrit :

L'aurore. Première lumière du monde, très ancienne et fragile, qui chuchote à l'oiseau endormi : chante, c'est l'heure.

Robert Kaplan soupire. Sur le banc du square, sa petite-fille, Julie, lui avait tendu le dessin : « Elle est très belle ta fleur », lui avait-il dit. Elle s'était indignée : « Mais Papi, c'est pas une fleur, c'est un soleil qui vient de naître ! »

— Vous, vous avez tout de suite vu que c'était un soleil. Ça vient d'un livre, cette belle phrase ?

— Du conte que j'avais inventé pour ma fille. Le Car-Hibou, je vous en ai parlé. Vous trouvez que c'est beau ? Vraiment ?

Kaplan fait un signe d'acquiescement. Un instant, lui vient l'envie de proposer à Éric sa place, derrière le bureau.

— À quoi pensez-vous, docteur ? répète Éric.

— J'avais un patient.

— Un patient ?

— Il y a trente-deux ans.

— Il y a trente-deux ans ?

— Vous est-il nécessaire de répéter la fin de mes phrases, monsieur Meyer ?

Le rire silencieux d'Éric rejoint le sourire pâle du médecin.

— Il s'appelait Roger.

L'homme était assis sur son lit, dans une cellule de prison. Sa première phrase, en voyant entrer un homme en blouse blanche, avait été : « Dégage, je ne suis pas malade. » Robert Kaplan s'était reculé. « Un profil typique d'assassin », s'était-il dit. L'homme était accusé d'avoir tué sa femme, une Vietnamienne. Le juge d'instruction avait réclamé un examen psychiatrique. L'homme était arrogant, agressif, insultant. « Pourquoi avez-vous épousé cette femme ? » lui avait demandé le psychiatre. « Ça te regarde ? Rien qu'à voir ta gueule, on voit que tu es puceau. Tu sers qui ? Les flics ou moi ? Casse-toi. » Quinze minutes à peine d'entretien. Il avait déclaré au juge qu'il n'avait aucun doute ni sur l'état mental du prisonnier ni sur sa culpabilité, et avait demandé son placement en cellule d'isolement. Pour une phrase, une simple phrase : « Je n'ai pas épousé ma femme par amour, mais par haine. » La vérité lui était tombée dessus quatre mois plus tard. Roger n'avait pas assassiné sa femme, elle s'était suicidée. Et par « haine », il aurait fallu entendre : « par haine de la guerre ». Le juge lui avait déclaré par téléphone : « Docteur Kaplan, vous devriez penser à changer de métier. » Quelques jours après sa libération, Roger avait attendu le psychiatre sur le trottoir. Résultat : trente points de suture.

— Je n'ai pas porté plainte. Il a refait sa vie. Roger était un idéaliste, un homme réellement généreux. Il n'avait pas épousé une femme, mais une cause.

— Toute l'infortune du monde... et son amour dessus.

Le psychiatre s'étire.

— Exactement. Et son épouse ne l'a pas supporté. Son carnet a été retrouvé et traduit. J'ai cessé d'exercer pendant environ un an. Il m'a fallu ce temps-là pour comprendre que je ne rencontrerais jamais le patient que j'attendais parce que celui-là était probablement mon père et que mon armure d'or et d'acier m'empêchait de voir les hommes.

Kaplan et Meyer écrasent d'un même geste leurs cigarettes.

— Roger me fait penser à mon propre père, murmure Éric. Maman non plus ne l'a pas supporté.

Le psychiatre se redresse.

— C'est possible. Mais votre père est mort et ce qu'il n'a pas dit, il ne le dira plus. N'est-ce pas ? Pas plus que votre mère. Pour en revenir à vous, monsieur Meyer, votre histoire a dégénéré en un combat dont la première conséquence est que la vie avec vous-même est devenue inconfortable au point de ne trouver d'exutoire au mal-être que dans la drogue. La deuxième conséquence, c'est que votre terrain de jeu exclut les autres. Votre guerre doit cesser parce qu'elle n'a pas de sens.

— Vous avez une baguette magique ?

— Non, c'est vous qui détenez la solution. Le coup de baguette magique n'existe pas. J'ai envie, dans l'immédiat, de vous proposer une chose simple, une stratégie de rechange, un contrepoint à votre expérience actuelle : la bonté. Ne faites pas cette tête et épargnez-moi vos remarques ironiques. Je les connais d'avance. Je ne vous propose pas de devenir un saint et il ne s'agit pas de morale, mais d'un exercice mental, une sorte de régime, en somme. Commencez par un entraînement simple : le sourire. Et bannissez tous les mots qui, de près ou de loin, disqualifient autrui. Ce n'est pas une question d'éthique, c'est un premier objectif de survie.

Le mépris est une catastrophe pour l'intelligence, gardez bien ça à l'esprit.

Éric hausse les épaules, comme un gosse tancé par un professeur.

— Vous savez ce que signifie votre patronyme en hébreu ? poursuit Kaplan. Vous vous pensez juif et vous ne vous êtes pas penché sur l'origine de votre nom ? Meyer signifie « il illumine ».

— « Il illumine », répète Éric, stupéfait.

— Prenez ça comme un point de départ. Vous êtes une personne unique, comme tout le monde. Je n'ai pas de grille mathématique à mettre à votre disposition. Il faut remonter le courant, remettre en ordre les causes et les effets. C'est un travail que vous devez faire avec un psychanalyste. Il est possible que vous découvriez que votre mensonge à propos de votre mère n'ait en réalité rien à voir avec son passé, mais tout à voir avec votre constellation familiale et les circonstances de votre deuil. Quoi qu'il en soit, il me paraît impératif que ces blessures soient identifiées. La seule chose que je peux vous dire avec une totale et absolue certitude, c'est que vous êtes un homme généreux.

— Un homme généreux, bredouille Éric en examinant ses mains, incrédule.

— Combien d'hommes ont écrit un conte pour leur fille ?

Éric relève la tête avec fierté.

— Comment connaissez-vous l'étymologie de mon patronyme ? Vous avez fait des recherches ? Pour moi ?

Le psychiatre plisse les yeux en souriant. Lui dire que Meyer était le nom du rabbin gâteux et odieux avec lequel il avait fait sa bar-mitsvah, à quoi bon ?

— Vous avez besoin de repos, d'air, de réflexion, mais prolonger votre hospitalisation ne me semble pas nécessaire. Vous sortez demain. Nous allons établir un protocole médical que le docteur Rince vous proposera. Je souhaiterais vous revoir dans huit semaines pour faire un bilan et vous présenter au psychanalyste qui vous aidera à...

— Vous me flanquez à la porte ? Vous ne pouvez pas me faire ça ! explose Éric. J'ai besoin de vous, de vous parler, de... Si je sors d'ici dans cet état, je... je ne suis pas prêt !

Le médecin examine le visage contracté de son patient, ses yeux embués de larmes.

— Monsieur Meyer, dit-il en riant doucement, vous êtes viré. Je suis navré de vous apprendre que votre profil ne correspond pas aux pathologies qui nous intéressent. Vous n'êtes pas malade, pas au sens psychiatrique du terme. Vous ne progresserez pas ici. Vous m'écoutez ? Vous avez franchi un cap, que vous comprendrez peu à peu. C'est dans la vie et le travail de mémoire que vous trouverez une solution de vie, d'apaisement. Vous allez prendre deux mois de vacances, au calme, suivre à la lettre votre traitement. Je ne vous demande pas de renoncer à la cocaïne, je sais que vous n'y toucherez pas. Vous allez garder le pouce sur votre propre pouls, observer le monde et les hommes, et revenir me voir pour me raconter. Je vous attends avec impatience.

Kaplan se lève, pose sa main sur l'épaule de son patient, effondré sur sa chaise, et ajoute :

— Je vous parlerai de l'infortune du monde. De celle qui existe, ici et maintenant.

Éric se dirige vers la porte, à pas lents. Sa main sur la poignée, il se retourne, soucieux :

— Et pour cette histoire avec Roger Martineau, vous vous êtes pardonné ?

Le psychiatre lui sourit largement, sans répondre.

De : Robert Kaplan
À : Catherine Lehman

Madame,

Je me suis entretenu avec votre père hier et ce matin. Il n'existe aucune raison médicale de maintenir son hospitalisation. Il ne présente ni signe ni syndrome d'une quelconque pathologie requérant nos services ou pouvant nous laisser craindre que son autonomie soit menacée. Mes collègues et moi-même pensons que cette crise, provoquée par un double choc et l'ingestion de substances diverses, a permis de mettre au jour une difficulté psychique dont vous connaissez partiellement la teneur et qui est du ressort d'un psychanalyste. Je lui ai fixé un rendez-vous dans huit semaines pour faire un point médical. Il doit impérativement se reposer ; il n'est pas question qu'il reprenne une quelconque activité professionnelle avant deux mois. Il serait également préférable qu'il ne se retrouve pas seul chez lui en proie à ses tentations habituelles.

Mon seul conseil, quant à votre relation avec lui, c'est de lui faire comprendre que vous connaissez partiellement son histoire, que vous l'acceptez, voire que vous souhaitez en savoir plus. Sentez-vous libre. N'ayez pas peur d'une confrontation. Faites-le exister !

Dr Robert Kaplan

De : Catherine Lehman
À : Robert Kaplan

Docteur,

Je vous remercie de ce message. J'ai discuté avec Clémence Marchand, son amie d'enfance. Elle propose de venir le chercher et de le recueillir chez elle, en Bretagne. Qu'en pensez-vous ? Je ne me sens pas capable de faire face à mon père. Je suis enceinte et ces premiers mois sont difficiles.

Catherine Lehman

De : Robert Kaplan
À : Catherine Lehman

Je ne vois aucun inconvénient à ce que votre père parte avec son amie d'enfance. Je souhaiterais cependant avoir un bref entretien avec elle. Je peux la recevoir demain à 19 h 15.

Dr Robert Kaplan

— C'est curieux ce petit cube noir. On peut imaginer beaucoup de choses à partir d'un objet comme celui-là, selon son propre état mental, sa religion. Ça vous sert à quelque chose ? demande Clémence Marchand en reposant l'objet.

Elle s'est assise au bord de la chaise en tirant nerveusement sur la manche de sa veste bleu marine.

— Je crois que vous venez de résumer parfaitement la fonction de cet objet. Vous voulez savoir ce que c'est, vraiment ?

— Ça m'amuserait beaucoup, répond-elle sur un ton sinistre.

— Au départ, c'était la base d'une horrible petite copie en plâtre d'une sculpture gothique que m'avait offerte l'un de mes amis. Un jour, patatras ! La sculpture est tombée par terre. J'ai gardé le socle pour mon petit-fils qui aime bien les éléments de construction. Un patient est entré et s'est exclamé : « Docteur Kaplan, vous êtes bouddhiste, je le savais ! » Quelle révélation ! Ce cube est devenu une sorte d'entrée en matière ou un support de dialogue. Ou rien. Revenons à notre mouton, poursuit-il en consultant sa montre. Votre ami Éric Meyer. Vous me permettez de vous poser quelques questions très directes ?

— Je vous en prie.

— Ma première question est simple : souhaitez-vous réellement accueillir monsieur Meyer chez vous ?

— Évidemment ! Sinon, je ne l'aurais pas proposé ! s'exclame-t-elle.

— Depuis combien de temps ne l'avez-vous pas vu ?

— Huit ans.

— Vous savez dans quel état il est ?

— Dans quel état ? Non. Mais quel homme il est, oui. Test : qui, selon vous, a dit : « Ça ne change pas, un homme. Un homme, ça vieillit » ?

— Frankl ?

— Raté, Johnny Hallyday, rétorque-t-elle en ricanant stupidement, sous le regard atterré du médecin. Sérieusement, docteur, je connais bien Éric Meyer. Je l'ai vu ou je lui ai parlé tous les jours de ma vie, de mon entrée à la maternelle jusqu'à l'année de mes quarante-cinq ans, il y a exactement huit ans.

— C'est long huit ans.

— Non.

— Vous savez qu'il a subi un choc sérieux.

— Catherine m'a tout raconté, dans les moindres détails.

— Vous comprenez qu'il a besoin d'être relativement surveillé ?

— Je m'en doute.

— En dehors de votre amitié pour lui, qu'est-ce qui vous fait penser, madame Marchand, que vous pouvez prendre cette responsabilité ?

— L'amitié. Cette amitié profonde, irremplaçable, que j'ai toujours eue pour cet homme. C'est elle qui me fait penser que je peux le faire. Et n'allez pas vous imaginer des choses idiotes, qu'il représente pour moi un amour déçu, ou je ne sais quoi d'autre. Éric et moi étions voisins, nos maisons se faisaient face dans une petite impasse de Besançon. Nous avons, à quelques semaines près, le même âge. Le matin, nous partions à l'école ensemble. Éric sortait toujours de chez lui ses souliers à la main. Il n'arrivait pas à faire ses lacets. Il était d'une maladresse ! Assis sur une marche du perron de sa maison, il m'attendait. Je me penchais sur lui : « Viens là, ce n'est tout de même pas si compliqué. » J'étais la grande sœur. Les filles savent toujours faire un tas de choses avant les garçons. Je lui faisais ses lacets. Le soir, nous rentrions ensemble, nous faisions nos devoirs dans sa cuisine. Éric n'était pas simplement un garçon intelligent, c'était un cerveau, un prodige d'intelligence. Il était deux classes au-dessus de moi. Et puis sa mère est tombée malade, et sa vie est devenue très difficile. Vous connaissez cette histoire, n'est-ce pas ?

— Dans les grandes lignes.

— Une enfance au coude à coude, une vie d'adulte au coude à coude. Que dire d'autre ? Pourquoi suis-je ici ? J'ai envie de vous dire : c'est notre histoire et au fond, ce que je fais ici est inexplicable.

— Vous semblez persuadée qu'Éric Meyer acceptera votre proposition...

— Huit ans... cela me semble si court. Bien entendu, il est possible que pendant ces huit années Éric ait totalement oublié mon existence. Mais a-t-on le choix ?

Sa femme ? Partie. Sa fille ? Enceinte. Des amis ? Éric n'en a pas. Même John, son associé depuis vingt-cinq ans. Pour lui, comme pour Éric, la seule loi qui vaille, c'est celle du jeu. Ils ne savent ni l'un ni l'autre ce que la loyauté signifie. Des gamins. Éric a un carnet d'adresses incroyable, des maîtresses tant qu'il en veut. La seule femme qui l'ait probablement aimé vraiment, Stéphanie Pourtin, est hors jeu. Son père est mort. J'ai posé la question à Catherine : qui, à part moi ? Personne.

Le psychiatre fait la grimace.

— J'ai l'impression que c'est une situation qui ne vous déplaît pas. Poursuivons. Éric Meyer a bâti sa vie d'adulte sur la base d'un mensonge dont vous avez été partiellement complice. Il me paraît envisageable qu'il puisse éprouver une certaine réticence à renouer avec ce passé.

— Il vous a raconté l'histoire de sa mère ?

— Oui.

— Le camp ? Dijon ? Les Renseignements généraux ?

Le médecin acquiesce. Elle croise les bras et l'examine quelques instants.

— C'est bien, articule-t-elle calmement. J'attendais ça depuis longtemps. Complice ? Ai-je été complice ?

— C'est à vous de répondre à cette question.

— Nous étions des gosses, soupire-t-elle, après un long silence. Quand la mère d'Éric est tombée malade, nous nous sommes persuadés que ce qui lui arrivait n'était pas normal, qu'elle était la victime d'un complot machiavélique. J'ai joué le rôle d'instigatrice.

— La prostitution, c'est très grave. Parce que, après, plus personne ne vous veut comme ami.

Éric l'avait dévisagée, blême.

— Ça veut dire que si quelqu'un le sait, je n'aurai plus jamais d'ami ?

— Oui. Mais moi, Clémence, je serai toujours là pour toi.

— Des enfants, docteur. Seulement, il y a cru. Et il a préféré couper les ponts plutôt que d'être rejeté. Et je n'ai rien fait pour l'en empêcher. Lorsqu'il a décidé que désormais il ferait croire qu'il n'avait pas connu sa mère, je l'ai laissé faire. Vous voulez savoir la vérité ? Vous avez raison ! Ça ne me déplaisait pas. J'avais l'impression de retrouver notre complicité d'enfants. Nos secrets. J'étais ravie d'être la seule à savoir. Je n'ai jamais essayé d'analyser les causes et les conséquences de sa décision.

Robert Kaplan approuve du menton :

— Au moins, vous êtes lucide et honnête. Pendant trente ans et des poussières, Éric Meyer s'est tu. Ici, il a parlé pour la première fois. S'il se retrouve en face de vous – surtout en face de vous – et que vous ne parvenez pas à prolonger, d'une façon ou d'une autre, ce qui s'est entamé ici, il va être tenté – c'est une évidence – de retourner à ses anciennes habitudes. C'est toujours plus facile d'être ce que l'on pense avoir toujours été. Votre rôle ne va pas être facile. Y avez-vous réfléchi ?

— Réfléchi ? réplique-t-elle vivement. Non ! Éric m'a manqué tous les jours depuis huit ans. J'ai été mariée à un homme que j'ai aimé, profondément. Il est mort. Mon fils a choisi une voie à l'opposé de mes ambitions pour lui : il est prêtre. Je n'aurai jamais de petits-enfants. J'ai fait tous mes deuils, comme on dit maintenant. J'ai un métier passionnant, mais sans Éric, j'ai toujours été un peu en dessous de moi-même. Et il n'y a pas que ça.

— Pas que ça ?

— Je veux qu'Éric Meyer ait un avenir. J'ai des comptes à lui rendre. Ce que j'aurais dû faire, je ne l'ai pas fait.

Le praticien se frotte les mains l'une contre l'autre, fronce les sourcils, se lève, marche quelques instants, ouvre la fenêtre. Clémence s'agite sur son siège.

— Docteur, nous nous bâtissons des convictions, des idéaux et au bout du compte la seule chose qui nous reste, ce sont les gens qui nous connaissent et auxquels nous tenons. C'est la boîte noire. Votre affreux petit cube, là ! Je crois que c'est pour cela que je suis sûre qu'Éric m'attend, au fond de lui.

Après un long moment de silence, Kaplan répond :

— Pourquoi et comment certains effacent-ils de leur vie ceux qui leur étaient proches ? Pourquoi d'autres n'oublient-ils jamais, malgré le temps, les écueils, l'absence ? Il n'existe aucun schéma préétabli. Vous pouvez parfaitement vous retrouver chez vous avec un homme qui aura tout oublié de vous ou tout aussi bien découvrir que vous ne l'acceptez plus. Votre ami, ajoute-t-il en désignant le dossier de l'index, ne s'est pas comporté à votre égard avec beaucoup d'élégance.

— C'est lui qui vous a parlé de notre dernière rencontre ?

— Non, sa fille.

— Dans quel état était-il lorsqu'il est arrivé ici ? Il avait pris de la cocaïne ?

— J'ai un devoir de réserve.

— Je comprends. Le jour de ce déjeuner – notre dernier déjeuner –, Éric était sous le double effet d'une dose de cocaïne et de l'alcool. Il avait commencé à prendre de la drogue à Polytechnique. Ce jour-là, notre amitié n'a pas résisté. Pourtant, j'avais l'habitude de sa violence. Seulement je savais mon époux condamné, et ma maison d'édition était à deux doigts de la banqueroute. Les mots qu'Éric a prononcés ne me concernaient pas, ils n'avaient rien à voir avec mes parents, ma vie. Rien ! Ce n'est pas sur lui ni sur notre amitié gâchée que j'ai pleuré. Si je me suis éloignée, ce n'était pas par amertume. Je n'avais plus assez de sève pour lui faire face. C'est tout.

— Vous lui en voulez ?

— Oui, mais moins qu'à moi.

— Je peux concevoir cela. Actuellement, l'esprit d'Éric Meyer oscille comme un pendule. Il hésite. Il était confortable dans son petit monde d'efficacité, d'inhumanité. Oh ! Je n'emploie pas ce terme dans un sens moral, loin de là ! Mais vous savez mieux que quiconque comment votre ami s'est éloigné de ses semblables. Il sait maintenant qu'il pourrait être autre chose, mais il suffirait d'un rien pour qu'il rechute. Et cette fois...

— Vous avez un conseil ?

Le psychiatre plonge ses yeux dans ceux de Clémence Marchand.

— Ne le laissez pas repartir à la case « roman et illusions ». N'y repartez pas vous-même. Vous l'avez connu enfant. J'imagine que c'était un gamin formidable, je me trompe ?

— Un gamin formidable ? Non, docteur, vous ne vous trompez pas. Vous ne pouvez pas imaginer ce qu'il était capable de faire pour les autres. C'était un garçon extraordinaire. Tout le monde l'appelait « Chevalier ». C'était le nom qu'il portait dans l'équipe de basket. Éric était ailier.

— Ailier ?

— Ailier fort, plus précisément ; un poste essentiel. Il faut être mobile, rapide, bon défenseur, se montrer capable de jouer dans la raquette.

— La raquette ?

— Sous le panier, si vous préférez. Éric était agile, puissant. Il était très combatif, mais jamais agressif. Il rayonnait dans les matchs. C'était un champion, vous savez, un vrai !

— Une personnalité attachante, conclut le médecin en se levant. Il faudrait l'amener à se souvenir de tout ça. Il n'est pas malade, donc n'ayez pas peur, ne le protégez pas. S'il réussit à reconstruire sa petite enveloppe, je ne donne pas cher de son équilibre et de sa santé dans l'avenir. Il reprendra une à une ses vieilles habitudes et, dans cinq ou huit ans, peut-être avant, il sera victime d'un accident, probablement fatal à sa santé psychique, ou il aura commis un acte irréparable. Sa vérité doit devenir sa réalité. À vous de trouver le chemin.

Éric est assis sur l'herbe du petit jardin de Sainte-Ursule, adossé à un tronc, un journal posé près de lui. Il ne l'a pas lu. C'est trop loin tout ça. Il se souvient de cette patiente qui disait : « Tout le monde sait qu'ici les journaux et les magazines sont des faux fabriqués par l'hôpital pour nous manipuler. » C'est vrai, vu d'ici, rien de ce qui se passe dans le monde n'a de sens.

Une femme descend les marches, en pantalon et veste noire, élégante. Il n'y prend pas garde.

— Tu ne te rases plus ? lui demande-t-elle en s'asseyant à ses côtés.

« L'oiseau vint se poser », pense-t-il. C'est comme ça depuis qu'il est arrivé ; des bribes de chansons ou de dialogues lui foncent dans le crâne.

— Les rasoirs sont interdits.

Elle replie les genoux sur sa poitrine.

— Ça se comprend. Drôle d'endroit ! On dirait une manufacture d'une autre époque.

Elle fouille dans son sac et sort une photographie.

— Je t'ai apporté ça.

Sur l'image, trois enfants, assis sur le perron d'une maison, fixent l'objectif. Ils ont neuf ou dix ans. Les petits garçons sourient de toutes leurs dents. L'un des deux a passé son bras sur les épaules de la petite fille. Elle est pâle, son visage inquiet est bordé de deux couettes brunes. Elle tire sur sa jupe plissée.

Il examine attentivement la scène.

— Lui, c'est moi. L'autre garçon, je ne sais pas. Elle...

— Je peux t'embrasser ?

Il tend sa joue, elle y appuie ses lèvres et glisse sa main dans la sienne.

— Comment te sens-tu ?

— Entre deux péages. Bloqué dans les embouteillages. Bizarre.

— Enfants, chuchote-t-elle, et même après ton mariage, nous nous promenions toujours comme ça, main dans la main. Les gens pensaient que nous étions amants et, lorsque nous allions dîner au restaurant ensemble, tu disais : « Tu vas encore me compromettre, Clémence ! »

Il observe les environs avec une moue suspicieuse, bordée d'un petit sourire.

— Tu vas encore me compromettre, Clémence.

Elle le bouscule de l'épaule en riant. La phrase de Kaplan, « J'ai l'impression que cette situation ne vous déplaît pas », lui revient comme un boomerang. Elle pointe un doigt hésitant vers la photographie.

— Est-ce que tu te souviens d'Anatole ? Le garçon à côté de toi, sur l'image.

— Anatole ? Pas du tout. Tu entends comme ma voix est bizarre ? Quand je parle, j'ai l'impression que les mots résonnent dans mes mâchoires. Quelle heure est-il ?

— Dix heures.

— Alors, c'est normal. Ils me donnent un truc le matin et jusqu'à midi je me sens pâteux. Sauf que ce matin... Qui est Anatole ?

— Le fils du droguiste, la petite boutique sur l'avenue.

— Où ça ?

— Besançon.

— Ah oui ! Besançon... Anatole...

Il fait un geste brusque.

— A-na-to-le ! Et son père qui lui criait dessus : « A-na-to-le, va à l'école ! Anatole t'as pas de guiboles ! » Quel fumier cet homme ! Tu ne te rappelles pas ? Un jour, nous l'avons pris sous le bras, Anatole, et toi tu as dit à son père : « On s'en occupe, maintenant. »

— Je n'ai pas dit ça.

— Quoi ? Mais tu es complètement amnésique, ma pauvre fille ! Je vais te faire réserver une chambre, tout de suite !

— C'est toi qui as prononcé ces paroles, pas moi, rétorque-t-elle en lui tapant doucement la main. Un matin, nous passions devant la boutique. Nous avons entendu des cris, comme tous les jours. Je ne sais pas ce qui t'a pris. Tu t'es mis dans une colère noire. Je ne t'avais jamais vu comme ça. Tu es entré dans le magasin et tu as dit à son père : « Il y a des gens qui n'ont pas de guiboles et il y en a d'autres qui n'ont pas de couilles ! Anatole, je m'en occupe ! » Tu avais dix ans. J'étais tétanisée de peur. Nous avons pris Anatole sous le bras et nous l'avons emmené avec nous. Dans la cour de récréation, tu as rassemblé une dizaine de gamins du quartier et tu as distribué les rôles. Tout le monde en ordre ! Ceux qui portaient le cartable, les responsables de la cantine qui devaient l'aider à descendre les marches du réfectoire, ceux qui l'attendaient à la sortie. Du jour au lendemain, Anatole a eu sa place à l'école. Et dans la vie.

— J'ai fait ça, moi ? Je ne m'en souviens pas du tout.

— Moi si. Et Anatole aussi.

— Anatole aussi ? Mais qu'est-ce qu'il est devenu ?

— Normalien. Toujours pas de guiboles. Chaise roulante. Deux enfants. Il habite à Marseille. Professeur de philosophie. Je l'ai vu le mois dernier, comme tous les mois depuis que je suis son éditeur. Après tout on s'en fout, non ?

— Tu publies Anatole ? On s'en fout ? Décidément, tu es folle à lier. Bonne pour le pavillon d'en face, les dingues dangereux qu'on enferme à double tour. Tu l'as vu ce pavillon ?

— Non. D'ailleurs, je suis sûre qu'il n'existe pas.

— C'est possible, mais ici tout le monde en parle et tout le monde y croit. Qu'est-ce qu'il te raconte lorsque vous vous voyez ?

— Un tas de trucs..., hésite-t-elle. Nous parlons de philosophie, de livres, de Besançon, de son enfance, des championnats de basket, de son père, de ses enfants, de toi, parfois. Il m'a dit : « Un jour, j'aimerais pouvoir dire à l'homme qu'il est devenu tout ce que je lui dois. »

— Il a dit ça ? crie Éric.

— Oui, calme-toi.

Il arrache des touffes d'herbe en surveillant les alentours et marmonne entre ses dents :

— Ne parle pas si fort, Clémence, je SUIS calme ! Tu vois le mec à l'entrée ? Retourne-toi discrètement.

— Celui qui fait semblant de nettoyer les marches ?

— Non, celui-là, c'est un patient. Tu vois bien qu'il bave. Juste à côté de lui, le gros, en blouse blanche. Ce type tire sa seringue comme Lucky Luke son flingue. C'est un tortionnaire, un névrosé ! Même si je lui agitais sous le nez mon droit de sortie, il serait encore capable de me flanquer une dose de sédatifs à assommer un cheval.

— Tu as des projets ?

— Des projets ? Me lever le matin, vivre mes journées sans...

— Sans quoi ?

— Il n'y a pas de mots pour ça.

— Qu'est-ce que tu ressens ? De l'angoisse ?

Éric hausse les épaules.

— Le docteur Kaplan ne veut plus de moi. Je dois partir tout à l'heure, rentrer à la maison. Moi, j'ai envie de m'asseoir comme ça et d'attendre, je ne sais pas quoi d'ailleurs. Toi, je ne t'attendais pas.

— Tu ne veux pas sortir d'ici ?

Éric fait une moue découragée.

— Tu veux que je t'emmène déjeuner quelque part ?

— Je n'ai pas faim.

— Tu veux que je m'occupe de tes affaires, que je t'accompagne chez toi ?

— Oui, je veux bien, répond-il avec froideur. Et tu penseras à me faire mes lacets.

— Montre-moi ta chambre. Je vais t'aider.

Il l'entraîne en marchant lentement. Une femme obèse descend l'escalier.

— La tache est partie, merci beaucoup, madame, lui dit-il sur un ton affable.

— Vous êtes un bon garçon, chuchote-t-elle en rougissant.

— Tu vois, je suis un bon garçon ! confirme-t-il en se tournant vers Clémence. Celle-là voit des taches partout depuis qu'elle a poignardé son mari. Shakespeare n'a rien inventé.

Ils longent un couloir au milieu duquel un homme est assis, adossé au mur. Ses jambes barrant le chemin. Il a l'air absent. Éric se penche vers lui et déchiffre quelques mots sur le papier épinglé à sa veste :

— Soleil d'été, mon colonel.

Le patient les examine et ne bronche pas.

— Nous avons un visiteur de marque, mon colonel, ouvrez la barrière, insiste Éric.

Les jambes se replient. Éric fait un signe à Clémence.

— Viens, il n'est pas méchant.

Elle fait un pas, terrifiée. L'homme les observe et allonge brutalement les jambes. Éric bondit devant lui, poings sur les hanches, et crie :

— Soleil d'été ! Ordres d'en haut. Attention, indiscipline !

— C'est une femme ! Pas de dérogation !

— Épouse du commandant. Obtempérez !

L'ombre des dunes s'allonge sur le sable. La journée a été chaude et claire.

Clémence Marchand observe Éric Meyer, affalé dans un transat. Un livre ouvert, posé sur ses genoux, il contemple le paysage breton, mélancolique. Comme la veille et l'avant-veille, il se pose là, un sillon amer sur le visage, en regardant la mer. Il attend la nuit en silence.

— À quoi penses-tu ?

— Je pense qu'il fait un temps à taons, maugrée-t-il.

— C'est intelligent ! réplique-t-elle en lui ébouriffant les cheveux. Ce soir, nous dînons sur la terrasse, ça te va ? Viens m'aider à mettre la table dehors.

Ils s'affairent tous les deux quelques instants. Elle glisse une main sur la nappe pour effacer les plis, il place les couverts.

— À droite les couteaux, Éric.

Il reprend les couverts, les serre contre sa poitrine, tourne les yeux vers les derniers baigneurs. Clémence le dévisage avec inquiétude.

— Qu'est-ce que tu as ?

— Je ne vais pas y arriver, Clémence.

— Arriver à quoi, Éric ? Tu peux me dire ce qui te préoccupe ?

— Je suis dans la mélasse. Mon cerveau est devenu un terrain de jeu. Tu sais, ce truc des silhouettes : tu prends au hasard les chaussures de clown, au-dessus, tu mets la jupe de bourgeoise puis la tête d'homme coiffé d'un chapeau melon. Dans mon cerveau, c'est la même chose, les visages se croisent, les mots et les souvenirs s'entremêlent, je n'arrive plus à mettre une circonstance avec ce qui lui correspond. Et il y a les cris.

— Des cris ?

— Oui, tous les cris de femmes que j'ai entendus. C'est effrayant ! Et moi, je suis là, devant la mer, et je n'ai envie que d'une chose : ne plus les entendre. Je me dis : il y a la mer, et si je nage, deux ou trois cents brasses vers le large, peut-être...

Il s'assied sur une marche de la terrasse. Clémence se pose à côté de lui, le menton dans le creux des mains. « Comme quand on était enfants », se dit-elle. Ce qu'il mijote, elle l'ignore, mais le désespoir a une autre allure. Elle pense à cet homme qui lui avait dit : « Le désespoir ? C'est de se dire que ça ira mieux demain parce que demain n'existera pas. Et quand on en est là, il n'est plus nécessaire d'en discuter. »

— Trois cents brasses, ce n'est pas suffisant, lui explique-t-elle calmement, une pointe d'ironie dans la voix. Compte au moins mille brasses en te dirigeant vers l'ouest. Plus au large, le courant est très fort. Normalement, tu ne devrais pas pouvoir revenir, tu nages comme un pied, je suis sûre que ça ira vite. Avec un peu de chance, dans une heure ou deux, c'est fini.

Il se recule, horrifié :

— Mais c'est abominable ce que tu dis !

— Abominable ? Qu'est-ce qu'il y a d'abominable ? Si c'est ce que tu veux. C'est un simple conseil.

Elle le pousse de l'épaule.

— Tu me prends pour une idiote ? Tu crois que je ne te connais pas ? Tu es là, tu hésites, tu pèses le pour et le contre, tu négocies avec toi-même, tu te racontes une histoire. Jusqu'à imaginer que tu pourrais te suicider. Non, Éric, pas avec moi. Tes histoires de cris de femmes, franchement... Viens là, ajoute-t-elle en le serrant contre elle. Tiens-moi la main. Ta maman nous appelait le Clemer ; un prénom pour deux et pour chacun la moitié du sien. Tu te souviens ?

— Le Clemer, soupire-t-il. C'est vrai qu'elle nous appelait comme ça quand elle était énervée : « Clemer ! Dépêchez-vous, nous sommes en retard ! »

— Elle a toujours eu un problème avec l'heure, même malade. Si elle ne nous entendait pas quitter la maison au moment exact, elle frappait avec sa canne sur le sol. Elle avait un côté...

— Germanique, dis-le, grommelle-t-il. De ton côté, l'exactitude n'était pas la vertu familiale, ni le rangement. C'est plutôt propre chez toi, les générations sont porteuses de progrès.

— L'ordre ! Ta trousse d'écolier, Éric, tous les crayons rangés du même côté, la pointe vers la gauche. Et ta chambre ! Comment tu pliais tes petites affaires sur ta petite chaise et les bouquins par ordre de taille, le tapis toujours replacé à dix centimètres du mur. Les scènes qu'elle faisait quand le tapis était de travers. Tu crois que...

— Quoi ? Tu crois que quoi ? Dis ce que tu as à dire. Oui, elle était maniaque, et alors ?

— Et alors rien, Éric, calme-toi. Je ne sais pas comment aborder ce sujet. C'est compliqué.

— C'est toi qui es compliquée. Tu ne l'aimais pas, tu la trouvais rigide, froide, dénuée d'humour. Elle était tout le contraire de ça !

— Où as-tu été chercher tout ça ? Quand en avons-nous parlé ? Jamais ! Toi, tu trouvais ma mère boulotte, bécasse, médiocre, et tu ne te gênais pas pour le dire. Tu te souviens de notre dîner à Saint-Germain-des-Prés durant lequel tu as débité pendant une heure tout le mal que tu pensais de ma famille ? Et ce déjeuner chez toi ? Ce dernier déjeuner ? Ce que tu as trouvé le moyen de dire...

Il l'observe, les yeux brillants.

— J'ai tourné la page. Nous étions tous les deux dans un certain contexte.

— Un « contexte » ? Qu'est-ce que tu racontes ! Sois lucide. Tu avais bu et tu étais bourré de cocaïne, mais passons, nous ne sommes pas ici pour faire l'inventaire du passé. En tout cas, pas de celui-là, et pas maintenant. Pour en revenir à ta mère, la question que je me pose, que je me suis posée mille fois, c'est : est-ce qu'elle avait pris cette habitude d'ordre et de ponctualité à Auschwitz ? Je sais que nous ne saurons jamais, mais cette question me taraude depuis des années.

D'un même élan, ils allongent leurs jambes et posent leurs talons sur le sable. Elle fait glisser ses orteils sur les lanières de ses sandales. Le sable est encore chaud. Auschwitz. Maintenant que le mot est lâché, tout lui paraît plus simple. Trente-cinq ans qu'elle attendait ce moment. Elle l'entend qui respire à un rythme saccadé, comme s'il avait couru.

— Moi aussi, finit-il par dire, après une longue pause, je me suis souvent demandé si sa frénésie de rangement ne lui venait pas des jours et des nuits passés là-bas, surtout ce geste qu'elle avait de repasser du plat de la main les édredons et les oreillers ; elle ne supportait pas la moindre petite bosse. Et cette habitude qu'elle avait de prendre ses repas debout ! Ils faisaient comme ça dans les camps. Et le perron qu'elle balayait deux fois par jour, sa hantise de la boue.

— Peut-être avait-elle été élevée à la campagne et avait-elle porté des sabots ?

— Mais non ! Elle détestait les vaches ! Souviens-toi de son obsession de l'eau de Javel, son aversion pour le chou, sa phobie des poux.

— Les poux ! Tu te souviens, de toutes ces bouteilles de Marie-Rose qu'elle entreposait un peu partout ? Et sa manie de nous examiner les cheveux à tout moment ? Ou celle de récolter les miettes de nos goûters pour les mettre dans un petit bol. Qu'est-ce qu'elle en faisait ?

— Elle les mettait dans la soupe.

— Ça ne m'était pas venu à l'esprit. Dans la soupe ? Et les pommes de terre qu'elle alignait sur l'évier ; elle les comptait puis elle les lavait, elle les remettait sur le bord de l'évier et elle les recomptait.

Éric rit brusquement, sans gaieté. Cet inventaire lui semble absurde. Il se dit : « autant forcer la marche », sans comprendre cette pensée, là, maintenant.

— Ce chat auquel elle parlait, en ponctuant ses phrases de mots allemands comme *Hier* ou *Herein*, soupire-t-il.

— Peut-être avait-elle des parents qui parlaient allemand ?

— Impossible ! s'énerve-t-il. Elle aurait mémorisé d'autres mots que ceux-là. Je suis allé là-bas, après ma sortie de Polytechnique. En Pologne. J'avais loué une voiture. J'ai eu un accident sur la route du retour, trois fois rien. J'étais terrorisé. Je ne peux pas vraiment t'expliquer. Ce qui m'a obsédé pendant des jours, ce n'est pas la souffrance qu'elle a endurée, mais le fait de réaliser que tous ses papiers d'identité avaient été détruits et probablement ceux de ses parents avec. J'avais un petit espoir minuscule et idiot : celui de retrouver quelque chose qui me permette de remonter le fil, son lieu de naissance, sa nationalité, le nom de ses parents, quelque chose de tangible. Mais il n'y avait pas que ça.

Il tourne son regard vers l'océan et chuchote sur le ton du secret :

— Combien étaient-ils avec elle ? Combien de frères, de sœurs, de parents ? Qu'est-ce qu'elle a vu ? À chaque émission de télévision sur la Shoah, dans chaque livre, chaque article, chaque témoignage, j'imagine, j'imagine... Et la taule, combien d'hommes, combien avant Papa ? Est-ce qu'elle avait peur ou se disait-elle qu'à ce stade, un toit et une assiette, c'était bien suffisant ? Qu'est-ce qu'elle a fait là-bas ?

« Il rêve, se dit Clémence, il s'en va. » La voix de Kaplan : « Ne le laissez pas repartir à la case "roman et illusions". Sa vérité doit devenir sa réalité. »

— Tu ne sauras jamais, donc cesse de t'inventer des histoires. Tu penses souvent à elle ?

— Clémence, je ne sais pas si c'est à elle que je pense lorsque je pense à elle. Je la revois toujours sur son lit, mais son visage, je ne le vois pas. C'est son souffle que j'entends. Une respiration un peu difficile. Si, je vois les ombres sous ses yeux, la couleur de cire de sa peau. Mais j'ai oublié son regard d'avant la maladie, ses cheveux, son corps. Pourtant, j'ai en mémoire quelques histoires qu'elle racontait ou des choses que je lui confiais. Des phrases. À l'école, un jour de cuti, elle m'a poussé vers le médecin, en disant d'un ton dur que je ne lui connaissais pas : « Fais-moi le plaisir de ne pas pleurer. » Des petites chansons, des gestes. Mon père l'avait surnommée Mimi. C'est stupide ce que je dis.

Elle tourne un peu la tête vers lui juste pour s'assurer que c'est bien lui, là, sur les marches du perron, les pieds enfoncés dans le sable. « Stupide » ? Il se met à faire de l'autocritique maintenant. Elle voudrait que ses pensées soient plus douces.

— Avant Sainte-Ursule, je pouvais penser à ma mère comme je voulais, poursuit-il d'une voix plaintive. Elle m'appartenait. Maintenant, elle est là, dans un monde qui m'est étranger : le monde des autres. Il en va d'elle comme de tout le reste. Tout me heurte ou me caresse et je n'ai pas les mots, pas l'habitude de ce paysage. Je ne te prends pas pour une idiote, tu sais. Tu as raison, je n'entends pas de cris. C'est moi qui crie en moi. C'est comme si j'avais déménagé, à l'intérieur, sauf que j'ai dû me tromper de valise ; tous les habits sont différents et ces habits ne me vont pas. Avant, j'étais tout seul, je pouvais me raconter ce que je voulais, mais maintenant... Tu comprends ?

— Je comprends surtout que tu as du chemin à faire, commente durement Clémence. Tout ça, ce sont des mots. Je t'observe depuis que tu es ici. Tu croises la femme de ménage, que tu ne remercies pas, mes amis, que tu ne salues pas, des gens sur le port, que tu ne remarques pas. Tu ne vois personne. Ce n'est pas nouveau, tu as toujours été comme ça, depuis que tu es devenu un homme. Ce que je constate, c'est que ta seule idéologie, elle, n'a pas changé et porte toujours le même nom : Éric Meyer. Ne viens pas me raconter que le monde des autres s'ouvre à toi, épargne-moi ta petite comédie. Quand tu seras capable de t'oublier, toi, de t'extraire d'une situation, de faire un geste – un seul me suffira – pour aider quelqu'un, sans que cela te soit utile en quoi que ce soit, ce jour-là, j'y croirai à ton histoire de déménagement. La morale, je m'en fiche. Je ne crois qu'une seule chose : les gens qui ne s'intéressent pas aux autres deviennent des vieux cons, et c'est tout.

— Tu es devenue très agressive. Tu as changé, vieilli. Tu étais beaucoup plus patiente avant.

Il dit ça d'un ton égal, indifférent. Presque endormi. Elle sait que cette colère qui monte en elle vient du passé, mais les mots surgissent, plus puissants que sa volonté, et la voix de Kaplan qui résonne soudain en elle, « ne le protégez pas », l'encourage.

— Bien sûr, rétorque Clémence d'une voix rauque, je suis une vieille femme aigrie. Comme la Linda ? Pauvre fille ! Cette jolie scène, au Moste : une femme qui s'approche de votre table, Linda qui te demande de qui il s'agit et tu lui réponds : « Une femme avec qui je couche de temps en temps, comme toi. Mais elle, elle aime ça ! » Pendant des années, tu t'es vanté de cette phrase. Tu étais si fier de l'avoir prononcée. Linda n'a pas essayé de se suicider, elle a sombré dans l'alcool. Une épave. Après, c'était, attends que je réfléchisse, cette héritière, très belle, des yeux bleus, une chevelure à l'espagnole. Tu vois qui je veux dire ?

— Laurence, marmonne-t-il.

— Laurence ! triomphe-t-elle, Laurence Mourier ! Tu lui téléphonais devant moi pour lui demander : « Alors, on couche toujours ensemble ou pas ? » Tu racontais à qui voulait l'entendre son comportement au lit. Celle-là a eu une vraie chance : celle de rencontrer l'homme de sa vie. Tu étais furieux. Tu es allé jusqu'à prétendre que ton cœur était brisé. Grotesque ! Et, dans la foulée, cette pauvre Marie. Une gamine de dix-sept ans. C'est moi, oui, moi ! qui suis allée lui parler à la sortie de son lycée. Elle n'avait même pas son bac. Elle pleurait comme un veau dans ma voiture. Ce jour-là, je peux te dire que si cette fille avait été la mienne, je t'aurais tué ! C'était une gosse passionnée, intelligente, superbe, honnête. Elle ne savait même pas que tu étais marié. Elle avait une sœur de l'âge de ta fille. Et tout ça pour quoi ? Pour rien ! Une lubie. Monsieur voulait jouer au mentor. Il te fallait absolument arriver à la convaincre qu'elle était la Séverine de *Belle de jour*. Tu t'inquiétais seulement de savoir quel genre de drogue tu pourrais lui suggérer de prendre pour qu'elle se « désinhibe ». Tu voulais qu'elle devienne la star de tes petites partouzes. Après, j'ai joué les pompiers *urbi et orbi*, j'ai couru d'une histoire de petite fesse à l'autre. J'ai passé mon temps à éteindre les feux que tu avais allumés.

— C'est un cours de morale ?

— Non, un extrait du catalogue, répond-elle sèchement. Tu te traînes beaucoup de casseroles, Éric.

— Tu vas me sortir quoi, maintenant, de ton placard ? Des marmites géantes ?

Clémence s'en frapperait la poitrine. « Je ne suis qu'une vieille folle, mais qu'est-ce qui me prend ? » pense-t-elle.

— Il fallait que ça sorte, que je te le dise. C'est crétin, mais c'est comme ça. Peut-être que j'ai eu trop souvent peur pour toi, je ne sais pas. Dire que je ne t'ai pas vu depuis huit ans et que je trouve le moyen de te disputer, comme aurait dit Maman.

Elle voudrait trouver le moyen de calmer le jeu.

— Disputer, c'est un mot qu'Anatole utilise tout le temps, poursuit-elle d'une voix hésitante, il a même écrit un livre sur le sujet : *Disputes de terrain ou petites histoires de la compétition ordinaire*.

— C'est un titre ridicule.

— Tu trouves ? demande-t-elle, tout en pensant : « Faire n'importe quoi, mais lui rendre des points. Quelle imbécile je suis ! »

— C'est moi qui ai choisi ce titre, tu as raison, c'est ridicule.

Éric la dévisage froidement.

— Anatole est en chaise roulante maintenant, continue-t-elle d'un ton qu'elle voudrait enjoué.

La sclérose progresse par paliers. Il lui reste l'usage du bras droit. Il ne se plaint pas, il est organisé. Cours à l'université le matin, et l'après-midi, il travaille sur ses textes. Le soir, il est avec ses enfants et son épouse. L'aîné a treize ans, le plus jeune, huit ans. Tous les soirs, à tour de rôle, chacun raconte une histoire. Lui et son épouse se sont inventé un personnage dont ils relatent les aventures. C'est leur façon d'éduquer leurs enfants. Leur personnage se nomme Chevalier : c'est un gamin incroyablement courageux, une sorte de David, intelligent, généreux, batailleur, droit et drôle, qui déteste l'injustice et combat avec superbe tous les Goliath de la bêtise et de la méchanceté gratuite. Le compagnon de Chevalier est un garçon handicapé qui tient un rôle essentiel dans toutes les aventures. Ça a un petit côté *Club des Cinq*. Ils s'inspirent aussi de la légende du roi Arthur, de Dante, de Cervantes. C'est très amusant.

Elle poursuit sans paraître remarquer la mine découragée de son compagnon.

— Il est toujours passionné de basket, Anatole. Il a une façon de décrire un match, tout ce vocabulaire : ailier, meneur, arrière, interception, pivot, lancer, raquette. On s'y croirait. C'est mieux qu'à la télévision.

Éric se lève silencieusement, contenant sa fureur. Il voudrait être loin, ailleurs. Maintenant. Ce babil de vieille folle lui est odieux. Il déteste cette maison, cette femme qui pérore. Il ne la reconnaît pas. Lui, ce qu'il voudrait, c'est qu'elle lui parle de lui comme le font les autres ; de son intelligence, de son argent, de son talent de stratège. Il voudrait être dans un salon, qu'une créature en décolleté, jeune et belle, se penche vers lui et lui murmure :

— Vous êtes LE Éric Meyer ?

Il prendrait la pose, tout en humour et finesse, et lui répondrait :

— Je ne sais pas. Peut-être. Grâce à vous, oui, sans doute.

Il plongerait ses yeux dans les siens et y lirait le premier vacillement. Boire un cognac, fumer un cigare, glisser la pointe de sa chaussure vers celle de sa voisine. Des bas de soie, une jupe qui remonte sur ses cuisses. Plus tard, glisser ses mains par-dessous, caresser ses fesses, son entrejambe, plonger ses lèvres entre ses seins, ronds, fermes, l'abandonner au bord de l'extase. Montrer son premier message à John et rire entre hommes.

La voix de Clémence, au fond de la pièce, interrompt sa pensée :

— Tu n'étais pas ailier fort dans l'équipe de l'école ?

Drible, drible, drible. Il chasse l'image du ballon sur le terrain et le bruit insupportable. Il voudrait mettre les mains sur ses oreilles. Le filet du panier. Il lui vient une envie absurde de crier : « Passe sur la gauche ! » Il voit les autres, répartis autour des joueurs, comme s'ils étaient là : l'entraîneur en survêtement blanc, les filles de l'école, les poings dans la bouche, quelques parents. En bordure de terrain, il y a un garçon, assis sur une chaise au pied de laquelle deux béquilles se chevauchent et qui leur crie :

— Ouais, les gars, ouais ! Allez-y, merde ! Allez-y !

Ce qu'il voudrait maintenant, c'est nager longtemps.

Ou rester au bord de la mer, les pieds dans l'eau, à sentir les vagues jouer avec ses orteils. Ou partir.

Clémence répète :

— Tu n'étais pas ailier fort ?

Drible. Drible. Drible. Des jambes sur le côté, il frôle la ligne de touche.

— Démarque, Chevalier, tu vas te faire bâcher. Bon Dieu ! Démarque !

Il se frotte le visage des deux mains. Il ressent une nausée, une fatigue, un chagrin soudains. Il regarde sa montre. Deux heures avant son prochain médicament. Peut-être que s'il marchait un peu.

Dans la cuisine, elle siffle un air d'opéra. Il entend des bruits de vaisselle, puis des phrases lancées de loin :

— Le plus drôle, c'est qu'Anatole a gardé toutes les coupes. Elles sont encore dans son bureau. C'est quand même étonnant, non ? Ces machins affreux entre deux rangées de livres, chez un philosophe handicapé. Tu m'écoutes ?

Le sifflement reprend : une chanson gaie qu'il ne reconnaît pas. Elle traverse la pièce, un plat dans la main, et le dépose sur la table.

— Ça devrait pourtant te faire plaisir qu'Anatole raconte à ses enfants les exploits de Chevalier.

Elle repart vers la cuisine, sans attendre sa réponse. Au loin, une ligne de nuages sombres entrave les derniers rayons du soleil. Un couple marche au bord de l'eau. Un homme traverse la plage en courant et se jette dans la mer. Il pense à cette femme, à l'hôpital, qui lui disait : « Il suffit de dire qui l'on est pour comprendre que le navire n'a jamais quitté le port. »

Il traverse lourdement le salon, le dos voûté. « Vivre cela », pense-t-il fugitivement. Clémence est là, de dos, préparant les choses. Ça sent bon. Il glisse sa main sur son épaule. Il voudrait dire quelque chose, mais il ne sait pas exactement quoi. Il n'aime pas ces débris de salade agglutinés dans l'évier, cette trace sombre au fond de la cuvette, le savon usé et fissuré sur le bord, les éclaboussures grasses sur les carreaux, le sable sous ses semelles. Il voudrait que tout soit propre. L'annulaire de la main gauche est cassé. Au-dessus de l'alliance fine, la peau est tavelée. À la jointure du maxillaire et de l'oreille, des lignes creusent la chair. « Comme Clémence a vieilli », se dit-il. Elle remue rapidement une sauce au fond d'un bol.

— Qu'est-ce que tu prépares ?

— Une vinaigrette.

Elle pose la cuillère sur le bord de l'évier, passe ses mains sous l'eau, les essuie sur un torchon, et esquisse un baiser.

— À table !

Il observe les gestes souples de Clémence qui s'affaire avec les plats, les couleurs des aubergines, des poivrons et des courgettes. Il respire le parfum du basilic, et d'autres herbes qu'il ne reconnaît pas. Ils mangent en silence pendant quelques minutes. Clémence rassemble les miettes éparpillées sur la table, du plat de la main, en pensant brièvement à cette femme assise sur le perron du père Meyer, sanglotant, la tête contre le mur. Du pouce et de l'index, elle fait tourner son verre en passant sa langue sur les lèvres. Le vin lui a fait du bien. Elle se dit qu'Éric ressemble à sa mère avec l'âge.

— Je pense souvent au sourire de ta mère avec ses deux dents de devant qui se chevauchaient. Ça lui donnait un côté gamin et sympathique.

Il fronce les sourcils. Il n'aimait pas quand elle souriait devant les autres et leur montrait cette dent qui débordait sur la lèvre inférieure. Et ses chemises boutonnées au cou, aux poignets. Les autres mères, en été, elles... Il repousse son assiette, il n'a plus faim. Il aperçoit les lueurs de la lune montante sur les vagues. Il voudrait que tout ça lui arrive dessus : la lumière et l'eau. Se sentir propre.

Ça lui vient comme ça. Sans crier gare. Comme s'il n'avait rien de mieux à penser : la cour de récréation, les cailloux de silex, le platane, les grilles noires et opaques, le sac de billes de toutes les couleurs, le tablier bleu en coton ; une sorte de blouse, longue, avec une poche de chaque côté. Il se souvient que dans la poche droite, il y avait un bout de papier : la liste des courses qu'il devait faire en rentrant et des pièces de monnaie pour le pain et le lait. Dans la gauche, un carton. Il ne s'en séparait jamais. Tous les jours en arrivant à l'école, il vérifiait que le carton était bien là. Tous les soirs, il s'assurait qu'il était encore là. Une face du carton était lisse.

— Qu'est-ce que j'avais dans la poche gauche de mon tablier, Clémence ?

— La liste des courses ?

— Non, ça, c'était dans la poche droite.

Elle incline la tête, fixe la nappe. Ce qu'il avait dans la poche gauche ? Elle revoit l'escalier de métal longeant la façade grise. Elle ne l'aimait pas du tout, cet escalier, avec la rouille qui s'accumulait sur les marches. Elle attendait en bas, l'œil fixé sur ses chaussures. « Les lacets, Éric, ce n'est pas si compliqué ! » Ce qu'il pouvait lui faire peur à descendre à toute vitesse avec ses lacets qui lui fouettaient les mollets.

Assis sur une marche, un matin, il avait sorti une photographie de sa poche gauche. « Si je la prends avec moi, il ne peut rien lui arriver. Dis ? »

— Dans ta poche gauche, tu avais la photographie de ta mère.

— J'allais à l'école avec son portrait dans ma poche ?

Un instant, il ferme les yeux. Elle portait un foulard.

Clémence allume une cigarette. Aspire goulûment. La braise grésille. Rouge.

Éric Meyer ! Fourragère rouge !

Il se souvient d'une fillette, sa voisine de pupitre, avec ses grandes nattes blondes et ses yeux tristes. Le maître s'était tenu au-dessus d'elle, bras croisés, menaçant. « Ce n'est quand même pas compliqué une division. Je te donne deux minutes, pas plus ! Si tu n'y arrives pas, c'est le poteau. » Sa haine de Pictus, ce maître haï, il la sent, elle est là. Il avait tiré sur la manche de l'écolière et glissé sa feuille devant elle pour qu'elle aligne les chiffres. Mais elle tremblait tellement qu'elle ne les vit pas bien. Le résultat était là, mais l'opération était fausse. « Tu as copié sur ton voisin, petite imbécile ! » La claque était partie. Sur le banc de la cour de récréation, il avait caressé la joue marbrée et tenté d'essuyer les stries noires sur les joues. Il avait détaché sa fourragère et la lui avait épinglée sur l'épaule. Juste pour cinq minutes. Une fille qui pleurait, il ne supportait pas. Il aurait voulu qu'elle ne garde pas trop longtemps sa fourragère, mais elle caressait le velours, comme elle aurait caressé un chat, et avait tourné son regard transparent vers lui : « Tu es un chevalier. »

— C'était un vrai salaud, Pictus !

Il quitte la table sous le regard attentif de Clémence et s'accoude à la balustrade de la terrasse en regardant au loin. Anatole. Le ballon de basket, grumeleux au toucher. Son bruit mat sur le béton. Comme une musique, un tambour. Quelqu'un crie : « Passe la balle, gauche ! » Il voudrait y être encore. Il voit le ballon qui part vers l'arrière, le garçon qui drible vers le panier, qui s'élance ; point ! Et Anatole sur sa chaise, qui leur crie en agitant les bras : « Ouais, les gars ! Ouais ! » Son propre poing frôle son nez. Anatole, c'était leur mascotte, leur stratège. Pas un match sans lui. « Vous êtes les meilleurs, les gars ! Attention, Chevalier, joue avec les meneurs ! Ne les laisse pas te déborder. Passe avant d'être intercepté. Travaille ton cross-over. C'est la clef ! Raoul, en pivot tu es bon, mais, fais gaffe, tu as raté cinq points. La hanche ! Tu te fais piquer le ballon parce que tu ne travailles pas ta hanche ! Les arrières, ça va, mais peut mieux faire quand même, les mecs. Bossez sur le lancer ! » Les coupes, c'est Anatole qui les gardait. Il faut dire que les matchs, c'est lui qui les gagnait. Et ces coups de béquille dans les mollets qu'il lui donnait en rigolant, après la victoire : « T'es le plus fort, Chevalier. Le plus fort. »

La lumière tombe en flaques blanches sur l'eau qui semble, par endroits, figée sous la glace.

— Sous la glace, murmure-t-il.

C'était l'hiver. Accroupis sur la pelouse, les joues rouges de froid, ils serraient la neige entre leurs doigts. Un petit bloc glacé lui avait dégringolé le long de la colonne vertébrale. Il avait hurlé et Clémence avait ri. Des brindilles sur le côté pour les bras, un bout de tissu sur le ventre. Dans la cuisine, Clémence avait gratté une allumette pour la bougie. Ils avaient monté l'escalier sur la pointe des pieds et entrebâillé la porte. Ils la voyaient par l'interstice, assise dans son fauteuil. Clémence avait chuchoté dans son cou, il s'était pincé le nez pour ne pas rire, tandis qu'il ouvrait la porte en grand :

— Bon anniversaire, Maman !

Il s'était avancé vers elle, sa boîte à la main. Sa mère l'avait trouvé tellement beau ce petit bonhomme de neige avec sa bougie sur la tête. Son regard ébloui était passé du bonhomme aux enfants. Elle avait dit : « C'est magnifique ! »

Et elle avait souri, sa dent pointée vers eux.

Accroché à la balustrade, il se répète, émerveillé, les yeux dans le vide : « C'est magnifique ! »

Elle lui avait demandé : « Je peux le toucher ? » Elle avait glissé un doigt sur le ventre, sur les joues et fait un petit geste de la main : « Ouh ! c'est froid ! Et la bougie, je l'éteins ? Je peux ? C'est tellement joli. » Elle lui avait murmuré dans le creux de l'oreille : « Mets-le sur le bord de la fenêtre, Éric, comme ça, je pourrai le voir tous les matins jusqu'à la fin de l'hiver. »

Une main sur son bras :

— Tu fais quoi, là ? Tu tournes un film ?

Ce rire-là, ça fait trente ou quarante ans que Clémence ne l'a pas entendu. Éric rit comme une mouette. Par saccades.

— Clémence !

Un nuage voile la lune, l'ombre s'étend sur la plage.

— Qu'est-ce qui m'est arrivé ?

Elle l'entraîne vers le salon, lui désigne un fauteuil. Il entend les bruits de la cuisine. Elle siffle encore. Elle a toujours fait ça. Des airs d'opéra, des chansons. Dès qu'elle touche une casserole, elle siffle. Quelque chose qui tient de la voix et du chant d'oiseau. « De la névrose », se dit-il. L'image du père de Clémence penché, les dimanches matin, sur la cage du mainate, dans la cuisine de la famille Marchand, une partition sur les genoux et disant à l'oiseau : « C'est dimanche et aujourd'hui, c'est Mozart, mon petit ! » lui revient comme une claque. Il la chasse. Pour un peu, il se dirait que ce n'est pas le sujet. Mais sa tête dodeline en écoutant le chant de Clémence et il lui vient une affreuse envie de rire. Parce qu'il le voit, ce mainate, comme si c'était hier, le bec tendu vers le visage de cet homme, rythmant avec son cou la chanson du jour en émettant un sifflement vague – toujours sur la même note –, immédiatement accueilli par des cris d'enthousiasme. « Je vous avais bien dit que cet oiseau est un génie ! Un génie ! » hurlait le père de Clémence qui, dans la foulée, se mettait à siffler la partition sous les rires de ses enfants. Chaque dimanche.

Il s'essuie les yeux.

Revenir à ce rire-là.

Le chant s'est arrêté. Une porte grince. La nuit est venue. Clémence s'approche de lui, un plateau à la main.

— Tu es parti deux ou trois mois après la mort de ta mère, dit-elle en lui tendant une tasse fumante. Auréolé de gloire et détruit. Au début, tu écrivais des cartes. Après... Quand tu venais pendant les vacances, tu jugeais les uns et les autres, tu les insultais dans leur dos. Tu étais plus beau, plus intelligent que tous. Le basket, Jérémie, Anatole, Chevalier, c'était fini. Tu ne voulais plus en entendre parler, plus voir personne. Sauf moi. À condition, m'avais-tu dit, que jamais je ne te parle de ta mère. Ton père s'était mis à boire.

Des dizaines de bouteilles vides, le cendrier plein à ras bord sur la table de la cuisine. Un été, une femme habitait là. Brune, large, des yeux doux : Agnès. Elle lui faisait des crêpes. Un soir, il l'avait retrouvée effondrée dans la cuisine. Une autre était arrivée le lendemain. « Un clou chasse l'autre », avait commenté son père en ricanant. La chasse, les dimanches d'hiver. Son père et lui comptaient ensemble les cartouches ; le garde les attendait à la croisée de deux chemins. Éric aimait bien ça : quand il n'y a plus de feuillages, quand on voit loin. Il portait la gibecière et le coutelas. Fièrement. « Il faudrait arriver à prendre un lièvre », lui avait dit un matin son père. La terre était gelée, les champs se traversaient sans qu'une motte ne bouge sous les pieds.

— Tu as déjà vu un lièvre au gîte, Clémence ?

C'était à n'y pas croire, cette bestiole tassée contre le sol, tremblant de tous ses membres. Les yeux fermés. Comme un enfant. Un enfant qui se serait dit : « Je ferme les yeux, plus rien n'existe. » Et le père qui lui décharge une cartouche de six en pleine tête puis qui se met à rire :

— Quand on est con, on est con !

Lui, il avait rigolé avec les hommes. Maintenant, il ne sait plus ce qu'il y avait de drôle. À y bien réfléchir, il avait trouvé ça horrible.

— Je ne suis pas sûr d'avoir envie de parler de tout ça, Clémence.

Ce matin de chasse traîne en lui. Il voudrait revenir au souvenir du bonhomme de neige. Retrouver cette joie.

— Tu crois qu'elle m'aimait, Maman ?

— Ta mère ? Si elle t'aimait ? Comment est-ce possible que tu te poses, à l'âge que tu as, une question aussi absurde ? Tu avais douze ans lorsqu'elle est morte. Tu ne peux pas avoir tout oublié à ce point ? Ta mère ne t'aimait pas au sens banal du terme, tu étais son pain quotidien, « son Nord, son Sud, son Est et son Ouest », comme dans le poème de W.H. Auden ; tu étais sa fierté, sa joie, son espoir ! Ses petites mains croisées devant elle et son front tout plissé d'inquiétude, devant l'école, et son visage qui s'éclairait comme un soleil quand tu apparaissais ; la façon dont elle te prenait dans ses bras et te couvrait de baisers. Avant sa maladie, elle venait dans la classe à la fin de l'année, assise toute droite sur sa chaise, et elle te fixait avec son sourire béat: « Éric Meyer, fourragère rouge. »

Clémence fouille sa mémoire.

— La seule fois où tu n'as pas reçu la fourragère rouge, c'est quand tu t'es fait opérer de l'appendicite. Moi, je n'arrivais même pas au niveau de l'étoile. Le jeudi, tant qu'elle a pu se déplacer, nous partions nous promener avec elle et elle te tenait serré tout contre elle. Ne fais pas cette tête, tu me fends le cœur.

Clémence esquisse un faible sourire:

— Tu vois bien que ce n'est pas le chemin de Damas, Éric. Il n'y aura pas de révélation. Tout est là. Laisse la porte ouverte et garde-la ouverte, nom d'un chien! Personne ne te demande d'expier quoi que ce soit. Souviens-toi, c'est tout. Tu étais bon et généreux. Un vrai Chevalier. Garde au moins ça dans ton crâne de...

Elle lui caresse doucement la main:

— Nous avons joué les apprentis sorciers, Éric. Et fabriqué la pire des potions. Tu l'as avalée tout seul. Nous étions deux enfants trop imaginatifs, trop imbus de nos secrets. Puis deux adultes irresponsables. J'aurais dû te sortir de là, mais je n'ai pas vu ou pas voulu voir. J'étais probablement trop heureuse de me savoir la seule à avoir sa place dans cette partie de ton univers. Maintenant, ajoute-t-elle en soupirant, il n'existe que deux options; soit tu fais front, tu regardes ta vérité en face et tu changes d'idéologie, soit tu repars à la case « silence et mensonge » et tu termines comme ton père; un vieil alcoolique aigri qui n'aura laissé derrière lui qu'un paquet de trahisons.

Elle désigne la bibliothèque :

— Sur la deuxième étagère, à droite, tout au bout, tu vois les volumes verts ? Ce sont mes albums de photographies. Le premier, c'est Besançon. J'ai tout gardé. Il doit y avoir une vingtaine de photographies de ta mère et de toi, cinq ou six d'Anatole, de Jérémie et des autres. J'ai toujours pensé qu'un jour nous les regarderions ensemble.

Il est confortable. Il les entend bavarder, rire, sans écouter ce qu'elles se disent. Il aime les grandes dalles de pierre usée, glissantes sous les pieds, la silhouette du phare, la brise qui lui frôle les joues, les gens sur les quais, les enfants qui se poussent du coude en se montrant les bateaux. « C'est formidable qu'il fasse beau », pense-t-il en songeant aux personnages d'*Océan mer*, le livre d'Alessandro Baricco qu'il est en train de lire : le Père Pluche, qui invente des prières, le professeur Bartleboom à la recherche des limites de la mer. Il observe du coin de l'œil sa fille Catherine. Quelque chose en elle a changé : les joues, le regard peut-être. Elle a grossi. Ça lui va bien. Il la trouve infiniment... « Infiniment quoi ? » se demande-t-il. Infiniment... à lui faire baisser les yeux. Comme avant. Avant l'escalier de la maison d'Aix. Et qu'elle ne bascule tout le contenu de sa chambre par-dessus la rambarde. En hurlant. Il ferme les yeux et respire à fond pour chasser l'ombre.

Catherine parle vite en agitant les mains, et se tourne vers lui.

— Tu n'as pas froid ?

— Non, je suis bien.

Elle effleure sa main en saisissant son verre. La douceur des doigts de son épouse Isabelle lui revient. « Comme c'est compliqué », se dit-il. Il voudrait inventer une prière, comme fait le Père Pluche dans le livre. Prière pour un revenant. Il examine le cou plissé de Clémence, ses yeux vigilants qui se posent sur tout et sur lui, souvent. L'image d'Alexandre Marchand surgit. Il aimait la mer, les livres et le bois. Éric touche le coude de Clémence.

— Qu'est-ce qu'il faisait, Alexandre ? Il était dans le bois, non ? demande-t-il d'une voix qu'il voudrait détachée, en posant calmement ses mains sur la table.

Les deux femmes se figent.

— Pourquoi me poses-tu cette question, maintenant ? demande tranquillement Clémence, une ombre d'ironie inquiète sur le visage.

— Papa, interrompt vivement Catherine, Alexandre était expert forestier et professeur d'université. C'était mon maître d'études.

Elle se penche vers lui et murmure durement entre ses dents :

— Je te rappelle que l'éditeur des *Atlas forestiers d'Europe*, c'est moi. L'auteur de ces *Atlas*, c'est lui.

— Je vous laisse une seconde, déclare Clémence en se levant soudainement. Quelque chose à dire à une amie.

Après une brève pression sur l'épaule de Catherine, elle s'éloigne.

— Tu es content d'être ici ? Tout s'est bien passé avec Clémence ?

— Je crois, répond-il en posant son menton sur sa main, une lueur angoissée dans le regard, qu'il tente de cacher par un sourire.

Les femmes sont terrifiantes. Le docteur Kaplan lui aurait dit : « C'est votre vérité qui vous terrifie. Laissez-la venir. » Et le moyen d'y échapper ?

— Tu n'as pas l'impression d'avoir été un peu désinvolte ? « Qu'est-ce qu'il faisait, Alexandre ? » répète-t-elle en imitant la voix de son père. Tu trouves que c'est délicat ? Tu n'es même pas allé à son enterrement. C'était le mari de ta meilleure amie, c'est lui qui m'a initiée à la sylviculture et à la botanique, lui qui m'a donné l'envie de créer ma petite maison d'édition. Il m'a légué tous ses manuscrits. J'imagine que tu as oublié. Elle t'accueille chez elle, après huit ans de brouille, avec une générosité incroyable, et toi : « Qu'est-ce qu'il faisait, Alexandre ? » Franchement, Papa !

Ce n'est pas ce qu'elle avait prévu de dire. Dans le train, elle avait fait défiler les mois, les années ; la dernière fois qu'elle avait parlé à son père. Elle s'était juré que dès qu'elle le verrait, elle lui dirait : « Le patron du Bar des Amis à Besançon me charge de te donner son bonjour. Et j'ai écrit toute l'histoire du Car-Hibou. Ça te ferait plaisir de la lire ? » Seulement, Clémence s'est levée. Et elle l'a vue vaciller entre les tables.

Éric baisse la tête, inspire profondément sans parvenir à chasser cette pierre qui lui enfonce le plexus.

— Je me souviens très bien d'Alexandre, dit-il d'une voix mal assurée. Expert forestier dans les départements de la Moselle et du Bas-Rhin, auteur des *Atlas forestiers d'Europe*, comme tu viens de me le rappeler. Alexandre était un spécialiste du hêtre. Le *Fagos*...

— *Fagus sylvatica.*

— C'est ça. La pédanterie des botanistes... passons ! raille-t-il.

Pendant une brève seconde, il voudrait avoir en main un fouet pour s'en labourer le dos.

— C'est vrai, je ne suis pas allé à son enterrement, ajoute-t-il à voix basse.

— Pourquoi ?

— Je ne vais jamais aux enterrements.

Comment lui dire qu'il y était venu à cet enterrement et qu'il en était parti en courant, comme un voleur, parce qu'il l'avait vue, elle, Catherine, de dos, secouée de sanglots, et qu'il ne l'avait pas supporté ?

Elle pose son verre, tambourine doucement des doigts sur la table, plonge son regard dans celui de son père.

— Depuis quand ne vas-tu « jamais aux enterrements » ? Tu es bien allé à celui de ton père. Et celui de ta mère ? Tu n'y étais pas ? Tu avais douze ans quand elle est morte. On va à l'enterrement de sa mère à douze ans, non ?

Il se recule brutalement sur son dossier. Se lever et courir vers le port, plonger entre les bateaux, disparaître. Il reste paralysé, incapable de prononcer un mot.

— Je suis allée à Besançon, il y a quatre ans, Papa, et je sais tout. Tu veux savoir pourquoi j'y suis allée ? Eh bien, j'y suis allée parce que tu avais fait de ma vie un cauchemar ! Ce que je voulais, c'était retrouver quelque chose du père que j'avais aimé. J'ai vu la maison. Tu sais à quoi j'ai pensé en la découvrant ? Je me suis dit qu'il y a des endroits où Dieu ne se pose pas. Et je suis allée au café du coin, au Bar des Amis. Ça te dit quelque chose, le Bar des Amis ?

— …

— Non ? Dommage ! J'ai parlé au cafetier. Pas tout jeune, l'homme, mais sympathique. Quand il a su que j'étais ta fille, il est devenu très bavard. Il paraît que Clémence portait des nattes et que vous aviez un ami handicapé qui s'appelait Anatole. Il avait bien connu ta mère. Il m'a dit : « Ça n'a pas dû être facile pour votre père d'avoir une maman malade pendant si longtemps. » C'est lui qui m'a indiqué le chemin du cimetière. Heureusement que les registres existent. C'est très facile de retrouver une tombe, tu sais. Sur la sienne, il n'y a plus de nom, plus rien. C'est un petit monticule de terre avec une plaque en marbre au bout. Cassée. Illisible. Il faudrait peut-être que tu fasses quelque chose. Comme dit le gardien : « C'est quand même une pitié ! »

Cette façon qu'elle a de serrer les dents, et son expression si dure. Il voudrait lui dire : « Non, Catherine. Il y avait tant d'autres choses. Et moi… »

Mais il en est incapable.

— Ne fais pas cette tête, je ne t'accuse de rien. Seulement, toi et moi, il va falloir que l'on se parle. Pour ta mère, je sais déjà beaucoup de choses. Pourtant, je ne sais pas l'essentiel. J'ai beaucoup réfléchi : ça n'existe pas un homme qui prétend avoir perdu sa mère quand il était bébé pour ne pas avoir à dire qu'elle était malade. Il a gobé ces fadaises, Kaplan ?

Éric dévisage sa fille, médusé.

— Kaplan ?

— Ne me dis pas qu'un homme comme lui est tombé dans le piège. Impossible ! Alors ?

— Alors quoi ?

— Il est tombé dans le piège, Kaplan ?

— Il y a trop de monde, de bruit ici, dit-il en se levant et en jetant un coup d'œil désespéré autour de lui.

Il est très pâle. Il aimerait pouvoir lui parler de l'infortune du monde, du couloir de la maison, des chiffres. Il se dit que tout est pire que le pire. Prière pour un homme qui n'en peut plus. Il pense à la boîte en buis sur la table de chevet de sa chambre à Paris. Demain, il prendra le train.

— Tu veux que je te raccompagne à la maison ?

— Je peux rester seul. Je suis fatigué. La nuit dernière, Clémence et moi... Il faut que je dorme. Va rejoindre Clémence, va...

Un petit garçon passe devant leur table, tenant une gaufre dans sa main. Un souffle de vent lui envoie un nuage de sucre sur la figure. Il s'arrête, surpris, et lève des yeux désolés vers eux.

— Tu as l'air d'un clown, maintenant, lui dit Éric. Qu'est-ce que va dire ta maman ?

Les lèvres du gamin tremblent, il fond en larmes, laissant tomber le gâteau qu'Éric rattrape de justesse.

— Ce n'est que du sucre, mon petit bonhomme ! Viens là, je vais nettoyer tout ça. La gaufre va être encore meilleure maintenant. Et tu sais pourquoi ? Parce que le vent vient de déposer dessus un petit goût extraordinaire !

De la paume, il nettoie les joues de l'enfant et le regarde s'éloigner tristement. Il se dit qu'au moins il aura réussi ça : consoler un enfant inconnu. Il ne voit pas l'expression stupéfaite de Catherine. Ce sucre sur ses mains lui est odieux. Il déteste la saleté.

— J'ai les mains collantes, grogne-t-il. Passe-moi ta serviette, Catherine. Catherine ?

Elle s'est levée, le visage blême, une main plaquée sur les lèvres, et court sans répondre vers le port. À genoux sur la jetée, elle régurgite par saccades dans l'eau. Il la rejoint, terrifié. Elle a le même visage qu'elle avait à Aix. Quand elle avait vomi sur les dalles. Vomi son père. « Non, gémit-il intérieurement. Je vais disparaître, elle n'entendra plus jamais parler de moi. »

— Clémence ! Clémence ! hurle-t-il.

Sa fille se redresse, livide.

— Papa, tais-toi, je t'en supplie, calme-toi et n'ameute pas les foules. Je vais très bien. Je suis enceinte, c'est tout. Ça m'arrive quatre ou cinq fois par jour.

— En quoi ? En quoi ? Qu'est-ce que tu viens de dire ?

Il s'affale à ses côtés.

— Tu vas être grand-père. Nous allons rentrer ensemble. Ne t'inquiète pas pour Clémence. Elle comprendra.

— Elle comprendra, répète Éric, comme un automate.

Mais de qui parle-t-elle ? Il ne sent plus rien, rien que cette peur qui lui défonce la poitrine. Catherine se lève, il la suit. Des sillons de lumière raturent l'horizon et jouent sur l'eau. Ils marchent silencieusement le long de la jetée. Par instants, l'épaule d'Éric se rapproche de celle de sa fille. Il aimerait oser cette intimité-là. La tenir serrée contre lui, comme avant, sur le petit chemin de terre de la maison d'Aix, et chantonner avec elle: «*Ce petit chemin qui sent la noisette...*» Peut-être plus tard, quand elle lui aura pardonné. Est-ce que ça existe encore «plus tard»? Est-ce qu'il n'a pas été dévoré par le «trop tard»? se demande-t-il, la gorge nouée.

— Le Pont de la nuit n'est pas loin, articule-t-il d'une voix rauque.

Le chemin s'est rétréci. Catherine le dépasse. Il marche dans son ombre, gigantesque, puis s'en écarte. Était-ce dans *Peter Pan*? Il ne sait plus. Marcher sur une ombre, c'est la voler. Et après, l'autre n'existe plus. Les griffes de l'angoisse. Il a oublié de prendre son médicament.

— Le Pont de la nuit, répète Catherine à voix basse. Le Pont de la nuit... C'était il y a très longtemps. Dans des temps si lointains que l'Archi-périple lui-même n'aurait pu y parvenir...

Il marche dans les fourrés. Les ronces égratignent ses mollets. Il en est presque heureux.

— Oui, et si reculés que dix mille montres n'y auraient suffi.

Il voit Catherine hocher la tête. Elle l'entend marcher difficilement derrière elle. Il lui vient une envie de rire, de se retourner et d'ébouriffer les cheveux de son père, de lui demander s'il se souvient des rideaux de sa chambre de petite fille, ceux avec les têtes de girafes. Mais les yeux d'Henri Pourtin, cernés d'ombre, ceux de sa mère, vides, ceux de Clémence, rougis de chagrin.

Et : « Sept femmes avec qui j'ai couché, sept femmes ! » ; « Elle a dix-sept ans, tu risques la prison. »

« La paix viendra, songe Catherine en se caressant le ventre, maintenant que Clémence est revenue, tout ira bien. Peut-être. »

Elle pense à son époux, à son regard de lumière : « Écoute-moi bien, Catherine, lui avait-il dit sur le quai de la gare, ça n'existe pas une relation foutue. Notre enfant aura besoin de son grand-père. Moi, je veux connaître mon beau-père. Je veux savoir d'où tu viens. »

Au bout du port, le sentier longe la plage. Le vent soulève des nuages de sable, les cheveux de Catherine fouettent les joues de son père.

— Le Vent, murmure Éric, sa mémoire est plus vaste qu'un empire.

— Il est né avant le Temps, répond-elle dans un souffle. Les dieux eux-mêmes ne sont que des enfants pour lui.

Ils sourient, cachés l'un de l'autre par l'ombre des arbres. Dans l'allée, Éric frôle les euphorbes, écrase dans sa main un épi de lavande. « Rester quelques instants encore, trouver le moyen », se dit-il.

Mais elle pousse la porte.

— Je vais me coucher, Papa.

Il n'a plus sommeil, il aimerait la retenir, lui dire qu'il n'est pas si tard et qu'ils pourraient marcher encore un peu, tous les deux, sous cette lune qui monte. Il fait si beau ce soir. Juste marcher et se parler, comme ça, un peu bizarrement, du Car-Hibou. Mais il n'ose pas. Catherine voudrait l'entendre lui dire : « Reste un peu. » Elle souhaiterait que la porte de sa chambre fasse moins de bruit en se fermant. Peut-être a-t-il dit quelque chose ? Elle tend l'oreille. Non. Il est à sa vie. Il n'aura même pas eu un mot pour l'enfant.

Éric gratte du pied les graviers de l'allée et entre dans la maison, la tête basse. Il aurait voulu lui dire : « Je suis très heureux et je ferais tout, tu comprends ? Tout... » Comment les autres s'y prennent-ils ? Suis-je à ce point détruit ?

Un rayon écarlate baigne les murs du salon, les meubles, les cadres posés sur la cheminée. Il détaille chaque photo, l'une après l'autre : Clémence enceinte, blottie contre son mari, le couple et leur fils riant sur le pont d'un bateau, Alexandre appuyé contre le tronc d'un hêtre gigantesque, leur fils, encore, en costume sombre cette fois, devant une église.

— Jamais rien compris à ce garçon. Un drôle de gosse. Je me demande ce qu'il devient.

Sur le côté, il y a une minuscule photographie encadrée de nacre : deux gamins, une fillette et un garçon, perchés sur un poney, le fixent sans sourire.

Il glisse un doigt tremblant sur les livres de la bibliothèque, passe d'un titre à l'autre, sort un ouvrage, le feuillette, le replace. L'extrémité de l'étagère est occupée par la dizaine d'albums gainés de cuir vert qu'il examine longuement, sans y toucher. Il déplace sans réfléchir une minuscule sculpture de bois. Il voudrait quelque chose, n'importe quoi, mais pas ces larmes qui lui dévalent sur les joues. Derrière lui, une porte grince. Sa fille apparaît en chemise de nuit. Elle pose sur un meuble une grande enveloppe brune.

— Tu en fais ce que tu veux, le texte est dans mon ordinateur, lui dit-elle d'un ton glacial.

Pour un peu, elle lui aurait jeté le paquet à la figure en hurlant : « Et d'ailleurs, je m'en fous ! » Elle s'effondre sur son lit, l'oreiller sur sa bouche pour qu'il n'entende pas ses sanglots.

Éric l'a vue disparaître avant que ne prenne corps cette envie qu'il a de lui crier : « Je suis un pestiféré, c'est ça ? Je n'ai pas de crécelle pour annoncer ma venue et faire fuir les passants, mais ça doit pouvoir se trouver ! » Il entre en soufflant de colère dans sa chambre et allume sa lampe de chevet. Il ouvre l'enveloppe d'un geste découragé.

Il s'attend au pire.

Le Car-Hibou ou la grande histoire de la création des couleurs.

Les mots entrent en lui difficilement. Il pose un doigt sur chaque syllabe, comme s'il déchiffrait une écriture étrangère : « Le Car-Hibou ou la grande histoire de... »

Il hoche la tête, pose la feuille sur ses genoux. L'espoir lui enserre la poitrine, comme un étau. Non, se dit-il. Kaplan m'aurait averti : « Arrêtez votre roman. » Il inspire et articule : « Mon nom est Éric Meyer, je suis né à Besançon, le 9 mars 1954. » Et reprend la feuille : *Le Car-Hibou ou la grande histoire de la création des couleurs.*

En dessous du titre, un message est tracé d'une petite écriture rapide et serrée :

Papa,

Est-ce qu'à mon tour je peux t'aider à fabriquer un monde fait pour toi?

Catherine

Il tourne la page et lit les premières lignes:

Dans un endroit lointain, et dans des temps très reculés – Oh! mais si lointain, si lointain que l'Archipériple lui-même n'aurait pu y parvenir, et dans des temps si reculés, si reculés que dix mille montres n'y auraient suffi! –, vivait le Car-Hibou. C'était un drôle de petit animal dont le corps était couvert de plumes couleur de terre et de feuilles d'automne et la tête coiffée de hautes et larges cornes.

Lorsque le Soleil, rouge de confusion, franchissait le Pont de la nuit, dans un rire clair et sonore, le Car-Hibou se réveillait.

Et son rire clair et sonore réveillait le monde.

Le Soleil, tout fier, grimpait doucement le long des flancs du ciel pour que chacun le voie un peu mieux. Les arbres, recroquevillés au creux de leurs racines, sentant la chaleur de l'astre, surgissaient de terre et étiraient leurs ramures en bâillant. Les arbres, tout le monde le sait, n'aiment pas dormir debout...

Catherine s'allongeait sur le grand canapé de la maison d'Aix, la tête posée contre son bras, ses cheveux dans la figure, scrutant sa main. Il se dit que ce n'est pas possible. Qu'il y a des moments, mais des moments, on croit que et puis... Ses paupières lui font mal. Il doit dormir, maintenant, pour arrêter cette pensée bègue qui lui fatigue l'esprit, lui comprime l'estomac, cette douleur avec laquelle il ne sait pas vivre. Son dossier médical est sur la table de chevet. L'infirmière, mademoiselle Boisron, lui avait dit : « Monsieur Meyer, ils sont beaux vos dessins, gardez-les. » Il cherche parmi les pages. Est-ce qu'elle aimerait ce portrait du Car-Hibou ? Peut-être. Il traverse le salon sans bruit.

Un rai de lumière apparaît sur le parquet, devant la chambre de Catherine. Il glisse le dessin sous la porte. « Il est passé de l'autre côté, se dit-il. De l'autre côté, c'est déjà quelque chose. »

Le jour n'est pas exactement levé, le soleil n'a pas franchi l'horizon. Il ouvre les paupières, saisit l'enveloppe qui traîne sur le tapis, allume la lampe. Il lit par à-coups, s'arrête, réfléchit, reprend sa lecture :

Le Pays Rouge est le pays de la guerre sans fin qu'éclaire le Crépuscule qui baigne le paysage d'une couleur sang. Le Crépuscule est plus jeune que la Belle Aurore. C'est le dernier-né de la famille des Soleils et il n'est pas très bien élevé. Il annonce l'ombre et la passion. C'est lui qui susurre des bêtises à l'oreille des bébés pour qu'ils pleurent, lui qui souffle aux amoureux : « Aimez-vous. » Lui qui dit aux êtres tristes : « Souffrez, c'est l'heure. »

Le Crépuscule est la lumière des êtres qui prient de toutes leurs forces au seuil de leur journée de labeur.

Hélas, au Pays Rouge, personne n'écoute le Crépuscule.

Éric Meyer grogne. Jamais il n'aurait dit : « Aimez-vous » à une petite fille ; quant aux êtres qui prient... Prière pour un homme qui n'aime pas les prières. Il passe quelques pages :

— Je suis le Coffre ! répondit le Coffre. Vos secrets et vos trésors sont les bienvenus chez nous. Vous êtes arrivés au Pays du Grand Contentement. Ici, le doute et la guerre n'ont pas leur place. Déposez, déposez, vous recevrez beaucoup.

— Merci Coffre, Coffret, Coffrinotet ! dit la Montagne. Je dépose auprès de toi notre quête. Nous cherchons les champs des premières roses, nées du premier amour du monde. Si tu le peux, aide-nous.

— Pace, wilkommen, bienvenue, ding dong ! Déposez, vous recevrez. Qu'avez-vous à déposer ?

— Notre trésor est notre quête. As-tu déjà vu ce pétale de rose ?

— Oh ! Oui, oui, oui ! Joli, ce jaune, mais cette couleur ne vaut rien ici, sans parler des autres qui n'ont pas cours dans notre pays. Sa racine n'est pas d'ici et sa courbe de productivité sans intérêt. Vendez avant qu'il ne soit trop tard. Déposez, déposez, vous recevrez.

— Coffre, nous n'avons que nos cœurs à déposer. Que nous conseilles-tu ?

— Des cœurs ? s'indigna le Coffre, des cœurs ? Mais ça ne vaut rien ! Je vous conseille d'aller ailleurs, dans le pays des sans-numéraires où tout est comme vous, va à vau-l'eau et rien ne vaut rien ! Je vous avise de passer votre chemin, bons à bagatelles ! Vétilles ! Romantiques ! Je vous ordonne de suivre la voie des sans-bourse, des va-nu-pieds. Je vous recommande de mettre un peu d'ordre dans vos affaires et un peu moins d'affres dans l'air, bande d'affreux !

— C'était tout à fait ça, murmure Éric en riant tout bas, tout à fait ça.

Achevant sa lecture, il lui vient l'envie de courir vers la chambre de Catherine pour lui demander :

— Et la nympharonne ? Tu as oublié la nympharonne ?

Il est trop tôt. Tout est si pâle dehors. Un instant, il imagine Catherine dormant sur le flanc, les genoux un peu remontés vers son ventre, la joue écrasée sur l'oreiller. Comme Isabelle, sa mère. Il s'habille, sort de la maison et traverse le jardin à grandes enjambées, l'enveloppe sous le bras. Au même moment, Catherine ouvre ses rideaux. « Il marche comme un fer à repasser, se dit-elle en l'observant par la fenêtre. D'un bloc. Avant, il marchait comme une danseuse. »

Les quais sont vides, à l'exception de quelques pêcheurs. À la terrasse du café, il est seul, face au port. Les ombres se dessinent. L'aujourd'hui prend forme.

Un jeune homme en tablier noir s'approche.

— Un café, du lait, un crayon, ordonne Éric d'un ton sec.

Le serveur le dévisage, interloqué. Éric tousse dans sa main et esquisse un vague sourire.

— Excusez-moi. Pourriez-vous m'apporter un café, s'il vous plaît, avec un peu de lait et un crayon ou un bic. Je vous remercie.

Qu'est-ce que ça veut dire « faire un geste pour aider quelqu'un, sans que cela te soit utile en quoi que ce soit » ? se demande-t-il. Un avion trace un sillon blanc velouté dans le ciel pâle. Il imagine le visage de son épouse Isabelle contemplant le ciel par le hublot.

« Quand elle reviendra... », songe-t-il. Il ne sait pas encore. Les femmes sont tellement compliquées. Peut-être ira-t-il la chercher à l'aéroport ? En chemise et baskets, comme avant. Elle aura pris le soleil, elle sera détendue, heureuse. Il l'invitera à prendre un café. Ils parleront de Catherine, du petit qui va arriver. On pourrait mettre un bac à sable dans le fond du parc de la maison d'Aix ? Il fait la grimace en imaginant son gazon sali de plaques de sable. Mais c'est une idée qui plairait à Isabelle. Et aménager le pavillon au fond du parc, faire une chambre pour le bébé ? Quand l'enfant sera plus grand, on pourra lui acheter un poney. On l'appellerait Stewball. Comment ça s'écrit Stewball ? Un instant la chanson lui trotte dans la tête :

« Il s'appelait Stewball, c'était un cheval blanc,
il était mon idole, et moi j'avais dix ans... »

Il imagine, sur le grand sofa face à la cheminée, le minuscule à ses côtés, la tête posée contre sa hanche. Il lui lira le Car-Hibou. Et il écrira la suite, pour lui. Ce sera un garçon. C'est sûr. Et si c'est une fille ? On verra bien. Isabelle et Catherine se pencheront au-dessus d'eux. Il les voit déjà sourire.

Le serveur pose le café et un crayon à papier sur la table. C'est un petit crayon, raccourci par l'usage. Éric le retourne dans ses doigts, en pensant : « C'est exactement comme ça que je le voulais. »

— La patronne vous fait dire que ce crayon, elle y tient et qu'il s'appelle « Reviens », dit l'homme.

Éric acquiesce.

— Dites, je sais qu'il est tôt et que vous avez du travail, mais je voudrais vous poser une question. Si on vous demandait de faire un geste pour aider quelqu'un, sans que cela vous soit utile en quoi que ce soit, vous feriez quoi, vous ?

Le garçon essuie ses mains sur son tablier.

— Vous permettez, dit-il en s'asseyant à ses côtés. Ce que je ferais ? Quelque chose qui ne me soit pas utile ?

Il hésite un instant :

— Nous sommes entre hommes. On ne va pas se la raconter. La vérité, c'est que quand on pense faire quelque chose pour quelqu'un, en fait on ne fait qu'essayer de se rassurer.

Après une longue pause, il ajoute :

— Je ne connais qu'un seul homme qui ait fait ça, je crois. C'était un ami de mon père. Mon père, il y a longtemps qu'il habite au cimetière. L'homme, c'était Erouane, un patron pêcheur. Un type du coin. Je l'ai vu deux fois dans ma vie. Vous voyez la maison, là-bas, celle qui a une ligne bleue peinte en bas ? C'était sa maison. Son fils l'habite encore. Lui, il est parti. Je ne sais même plus à quoi il ressemble. Il y a dix ans, il a fait un drôle de truc. C'était une campagne d'hiver, m'a raconté mon père. Les hommes étaient partis au hareng. À l'époque, ça gagnait bien. Erouane et son second, Cédric, c'étaient les deux doigts d'une même main. Des hommes qui ne se quittaient pas d'un œil. Même bateau, levant le coude sur les mêmes comptoirs, leurs épouses étaient cousines, gosses dans la même école. Des hommes qui s'aimaient, quoi.

En pleine tempête et devant tous, Erouane a basculé Cédric par-dessus bord. Et moteurs en avant. Aucune larme, aucun mot. Rien. Il n'a jamais voulu dire aux juges pourquoi il avait fait ça. Ni à personne d'autre. Mais mon père, qui était le toubib du coin, a témoigné. Cédric, malade, était condamné. Quand il est parti cet hiver-là, il lui restait moins de trois mois à vivre, et pas dans le confort, si vous voyez ce que je veux dire. Quand le juge lui a demandé ce qu'il avait à dire, Erouane a répondu : « J'ai fait ce que j'avais à faire. » Il y a des hommes comme ça, soupire-t-il en se levant. « Erouane a fait ce que Cédric lui a demandé, c'est tout », a dit mon père au juge. Je ne suis pas sûr que ce soit un bon exemple, mais il est l'heure qu'il est et c'est à ça que je pense. Vous voulez encore du café ?

Éric n'en revient pas. « Drôle d'histoire, pense-t-il. Il y a des fous sur terre. » Des fous... Le mot lui fait comme un creux à l'estomac. Elle lui avait écrit : *Tu es ma plus belle raison de me lever le matin.* Pauvre hallucinée. À y croire mordicus. À en mourir. Ni sa peau ni ses yeux. Il ne lui reste rien d'elle. Une impression vague. Et si c'était ça, l'inutile ? Le front dans sa main, il réfléchit, puis écrit le premier mot sur la feuille qu'il a sortie de l'enveloppe :

Stéphanie,

Ce qu'il lui faudrait. Si j'étais elle. À sa place, je. Et rien ne vient.

Il retourne la feuille et relit le titre : « Le Car-Hibou ou la grande histoire de la création des couleurs. »

Je t'envoie ce conte que j'ai inventé il y a bien longtemps pour ma fille...

Les yeux de Kaplan plantés sur lui : « Vous êtes venu pour elle ou pour vous ? »

... Je n'ai pas voulu entendre tes cris, rien voulu savoir de ta souffrance. Je pensais que les gémissements et les larmes sont indignes, puérils, qu'il faut être dur, que l'important se résume à l'utile. Beaucoup de choses sont arrivées depuis...

La bonté comme un exercice. Il grince des dents. La voix de Kaplan : « Meyer signifie "il illumine". Prenez-le comme un point de départ. »

— Un point de départ, d'accord, marmonne-t-il.

Pour un peu, il se boucherait le nez, tellement sa propre nouvelle odeur l'indispose.

... Je te demande pardon, Stéphanie, pour la bêtise, la vulgarité, le manque d'amour, la violence, la trahison ; pour toutes ces particules infectes que j'ai déposées dans ta mémoire. Tu as sombré sous le poids de cette laideur.
Reprends ta marche. Et si tu le peux, pardonne-moi.
Éric.

Il fait un signe au garçon, jette quelques pièces sur la table, pose le crayon et se dirige vers l'extrémité du quai. La poste vient d'ouvrir.

L'auteur souhaite remercier :

Tatiana de Rosnay, pour son exceptionnel soutien, ses conseils et son enthousiasme,

Sophie Beccaria, pour ses encouragements,

Christine Oddo, pour son appui et sa confiance,

Ève de Castro et Caroline Lambert, pour la qualité de leurs relectures,

Le docteur Anne-Marie Canut et Jean-Benoît Missoffe, pour leurs avis et témoignages,

Isabelle, pour l'expérience partagée,

Nathalie Zapuin, Marie-Laure Scholler, Joanna Abou-Sleimane pour leur aide,

Ghislaine, sa mère, pour ses conseils ainsi que :

Alix, Roland, Hélène, ses enfants, pour leur patience.

Du même auteur :

À L'OMBRE DES VAINQUEURS, Albin Michel, 2014.

PAPIER À BASE DE FIBRES CERTIFIÉES

Le Livre de Poche s'engage pour l'environnement en réduisant l'empreinte carbone de ses livres. Celle de cet exemplaire est de :
300 g éq. CO_2
Rendez-vous sur www.livredepoche-durable.fr

Composition réalisée par INOVCOM

Achevé d'imprimer en mai 2015 en France par
CPI BRODARD ET TAUPIN
La Flèche (Sarthe)
N° d'impression : 3011677
Dépôt légal 1re publication : juin 2015
LIBRAIRIE GÉNÉRALE FRANÇAISE
31, rue de Fleurus – 75278 Paris Cedex 06

76/2238/0